अपनों का खेल

किस्मत, मेहनत और विश्वासघात

अर्जुन मौर्या

Title: अपनों का खेल : किस्मत, मेहनत और विश्वासघात

Author: Arjun Maurya

ISBN : 978-93-5890-670-7

Instagram Id: @arjunmauryaofficial

DISCLAIMER & LEGAL NOTICE

Nature of the Work:अपनों का खेल : किस्मत, मेहनत और विश्वासघात

This book, titled)_**कल: किस्मत या मेहनत**, is a work of creative non-fiction blended with fictional elements. While the narrative is inspired by the author's life experiences, struggles, and memories, it is fundamentally a product of artistic imagination and literary synthesis. Certain events, timelines, and dialogues have been fictionalized, dramatized, or altered for narrative flow and creative expression.

Character & Name Identification:

The names, characters, places, incidents, and entities mentioned in this book are either products of the author's imagination or used in a fictitious manner. Any resemblance to actual persons, living or dead, including relatives or acquaintances of the author, or actual events and locales is purely coincidental. The author explicitly states that the portrayal of familial relations or past events is a subjective artistic interpretation and does not claim to be an absolute historical or factual record.

Non-Defamation & Intent:

The primary objective of this work is to inspire and provide a literary portrayal of human perseverance. It is not the intent of the author to defame, insult, or hurt the sentiments of any individual, family, community, religion, or organization. Furthermore, the depiction of administrative roles, government offices, or any official capacity is intended for storytelling purposes and does not seek to undermine the integrity, authority, or reputation of any public office or institution.

Limitation of Liability & Indemnity:

The author shall not be held liable for any perceived emotional distress or grievance caused by the interpretation of this work. Readers are advised that the story is a subjective blend of reality and fiction. By proceeding to read this book, the reader acknowledges and accepts this premise.

Mandatory Dispute Resolution & Jurisdiction:

In the event of any grievance, concern, or dispute regarding the content of this book, the aggrieved party is mandatorily required to contact the author directly for an amicable resolution before seeking any external legal remedy. Litigation is strictly discouraged as a primary step.

Governing Law:

Any legal proceedings or disputes arising out of or in connection with this publication shall be subject to the exclusive jurisdiction of the courts in Prayagraj (Allahabad), Uttar Pradesh, India, regardless of where the reader is located or where the book was purchased.

Apology:

If any part of this story inadvertently causes discomfort or emotional distress to any individual or relative, the author offers a sincere apology, reiterating that such an effect was never intended.

समर्पण (Dedication)

यह कृति सादर समर्पित है...

- अपने पूज्य माता-पिता, श्री राकेश कुमार मौर्य एवं श्रीमती सुनीता मौर्या के चरणों में: जिनके असीम त्याग, संघर्ष और अटूट विश्वास ने मेरी शून्य से शिखर तक की इस यात्रा को संभव बनाया।

- अपने मार्गदर्शक मामा एवं मामी, श्री नवीन कुमार मौर्य एवं श्रीमती रेशम मौर्य को: जिन्होंने उस कठिन दौर में मेरा संबल बनकर मेरे बुझते हुए सपनों को नई संजीवनी प्रदान की।

- अपने आदरणीय चाचा एवं चाची, श्री योगेश कुमार मौर्य एवं श्रीमती मनीषा मौर्या के नाम: जिनके मूक स्नेह और आशीर्वाद ने मुझे सदैव अपनी जड़ों और संस्कारों से जोड़े रखा।

वाराणसी की वह सुबह, जिसे 'बनारसी भोर' कहा जाता है, अपनी पूरी रंगत में थी। सूरज की पहली किरण अभी गंगा के घाटों को छूकर रामपुर की ओर बढ़ ही रही थी कि गाँव की उस मशहूर पुलिया पर हलचल शुरू हो गई। यह पुलिया सिर्फ ईंट-पत्थर का ढांचा नहीं थी, बल्कि इस गाँव का 'हार्ट-बीट' थी। यहाँ की आटा चक्की से निकलने वाली गेंहू की सोंधी खुशबू और चक्की के पट्टों की 'धप-धप' वाली आवाज़ यह ऐलान करती थी कि दिन शुरू हो चुका है।

पुलिया के ठीक बगल से एक कच्चा चकरोट (रास्ता) अंदर की ओर मुड़ता था। यह रास्ता ऊबड़-खाबड़ था, जिस पर बैलगाड़ियों के पहियों के निशान गहरे छपे हुए थे। इस चकरोट पर लगभग १०० मीटर अंदर चलते ही वह नज़ारा दिखता था, जिसे देखकर किसी भी बाहरी इंसान की आँखें ठहर जाएं। यह इलाका

उन आठ भाइयों का था, जिनका नाम इस पूरे इलाके में सम्मान के साथ लिया जाता था–कृष्ण कुमार से लेकर राम किशोर तक।

वह 'पक्की बखरी' और हवाओं का पहरा

सामने ही खड़ी थी वह विशाल 'पक्की बखरी'। बखरी क्या थी, मानो मिट्टी और ईंटों से बना एक किला था। मुख्य द्वार पर खड़ा होकर जब आप ठंडी सांस लेते, तो आपको नीम के पत्तों की कड़वाहट और गीली मिट्टी की महक एक साथ महसूस होती।

इस बखरी का बनावट ऐसी थी कि बाहरी दुनिया का शोर अंदर आते-आते दम तोड़ देता था। इसमें ८-९ बड़े कमरे थे, जो चारों तरफ से एक घेरा बनाए हुए थे। घर का सबसे खूबसूरत हिस्सा था उसका बीच वाला आंगन। यह आंगन ऊपर रो पूरी तरह खुला था, जहाँ से नीले आसमान का एक चौकोर टुकड़ा हमेशा घर के अंदर झाँकता रहता था। दोपहर की

तीखी धूप जब इस आंगन में उतरती, तो फर्श की ईंटें तपने लगतीं, और बारिश के दिनों में यही आंगन किसी तालाब जैसा लगने लगता, जहाँ पानी की बूंदों का संगीत गूँजता था। नीम की छाँव और नल का संगीत, घर के बाहर वाले आंगन में नीम के दो विशाल पेड़ पहरेदारों की तरह खड़े थे। इनकी टहनियां इतनी घनी थीं कि सूरज की धूप भी छन-छन कर नीचे आती थी। उन्हीं में से एक नीम के नीचे लगा था वह 'छपकल'। लोहे का वह पुराना नल, जिसे चलाने पर एक खास किस्म की 'कूँ-कूँ' की आवाज़ आती और फिर निकलता था धरती की गहराई से शीतल, मीठा पानी।

नल से ठीक दस कदम की दूरी पर वह रसोई घर था, जहाँ से सुबह-शाम धुंआ निकलता रहता था। वह मिट्टी का चूल्हा, जिस पर लकड़ियां जलती थीं, तो उसकी लौ की परछाईं रसोई की काली दीवारों पर

नाचती थी। वहां पकती रोटियों की खुशबू और मिट्टी के तवे की सोंधी महक सीधे भूख जगा देती थी।

दो रास्ते: दो दुनिया

इस घर के दो चेहरे थे। घर का पहला रास्ता सीधे मुख्य मार्ग (रोड) की तरफ खुलता था, जहाँ लोहे का भारी शटर लगा था। यह रास्ता बाहरी दुनिया, मेहमानों और व्यापार का प्रतीक था। वहीं दूसरा रास्ता घर के अंदरूनी आंगन की ओर खुलता था, जहाँ औरतों की हंसी, बच्चों का शोर और परिवार की निजता (privacy) बसी थी।

जब आप रोड वाले गेट से बाहर कदम रखते, तो सामने एक अलग ही दृश्य था। वहाँ खेती की जान थी–एक पुराना कुआँ और गरजता हुआ बंबा। खेत सींचने के लिए वहां दो पानी की टंकियां बनी थीं। एक छोटी, जो रोज़मर्रा के कामों के लिए थी, और

दूसरी बड़ी, जो किसी छोटे स्विमिंग पूल जैसी लगती थी। इन टंकियों का ठंडा पानी जब छोटी नालियों (कुलाबा) से होकर खेतों की ओर बढ़ता, तो सूखी मिट्टी की प्यास बुझते ही जो आवाज़ आती, वह किसी सुकून से कम नहीं थी।

गेट के ठीक सामने एक छोटी सी दीवार खड़ी थी, जो शायद वक्त के थपेड़ों को रोकने के लिए बनाई गई थी। वहां खड़े होकर अगर आप पीछे मुड़कर देखें, तो वह बखरी सिर्फ एक मकान नहीं, बल्कि उन आठ भाइयों की ताकत और उस 'कल' की कहानी कहती थी, जिसे अभी पन्नों पर उतरना बाकी था।

उस बंबे का बहता पानी और खेतों की मेड़ से उठती सोंधी खुशबू के बीच, इस 'पक्की बखरी' की दीवारें एक अलग ही दास्तान बयाँ कर रही थीं। जहाँ आठ भाइयों का वह विराट कुनबा कभी एक जड़ से जुड़ा

था, अब उस जड़ में अलगाव की दरारें साफ़ दिखने लगी थीं। समय के पहिये ने सबको अपनी-अपनी दिशाओं में फेंक दिया था। आठों भाई अब अपने-अपने संसार में मस्त थे। उनमें से एक भाई, जिनकी महत्वाकांक्षाओं ने गाँव की पगडंडियों को छोटा कर दिया था, अब लखनऊ जैसे बड़े शहर में अपनी फैक्ट्री के मालिक बन चुके थे। शहर की चकाचौंध और रसूख ने उन्हें रामपुर की धूल से इतना दूर कर दिया था कि अब वह इस बखरी के लिए महज़ एक नाम बनकर रह गए थे। लेकिन उस पुश्तैनी विशाल घर के भारी किवाड़ अब भी जिन दो जिंदगियों के भरोसे टिके थे, वे थे सबसे बड़े भाई कैलाश नाथ और उनके छोटे भाई रामचंद्र।

रामचंद्र, जिनका स्थान उन आठ भाइयों की कतार में पाँचवाँ था, इस घर की आर्थिक रीढ़ की तरह थे। रामपुर के मुख्य बाज़ार में उनकी कपड़ों की एक

भव्य दुकान थी, जहाँ सुबह की पहली किरण से लेकर रात के सन्नाटे तक रामचंद्र थान के थान कपड़े नापते और ग्राहकों की भीड़ सँभालते नज़र आते। वह दुकान सिर्फ़ एक व्यापार नहीं थी, बल्कि इस पूरे घर की अमीरी और रसूख का स्रोत थी। उसी दुकान की बदौलत रामचंद्र का परिवार गाँव के रईसों में गिना जाता था। रामचंद्र के आँगन में बच्चों की किलकारियों का अपना ही एक क्रम था। उनकी पाँच बेटियाँ थीं और एक बेटा, लेकिन वह बेटा, जो रामचंद्र की आँखों का तारा था, बड़ी मन्नत और सब्र के बाद इस दुनिया में आया था। उस इकलौते भाई से तीन बहनें उम्र में बड़ी थीं, जो घर के कामकाज और माँ का हाथ बँटाने में सयानी हो चुकी थीं, जबकि दो छोटी बहनें अभी बचपन की दहलीज पर खड़ी अपने भाई के साथ आँगन में खेला करती थीं।

दूसरी ओर थे सबसे बड़े भाई कैलाश नाथ। बखरी के उस रोबदार हिस्से में, जहाँ नीम की छाँव सबसे घनी होती थी, कैलाश नाथ का साम्राज्य चलता था। उनके तीन बेटे और दो बेटियाँ थीं, लेकिन कैलाश नाथ का व्यक्तित्व उस पुराने नीम के पेड़ जैसा ही था–छाँव तो देता था पर कड़वाहट से भरा हुआ। घर में भले ही अब तक कागजों पर बँवारा नहीं हुआ था, लेकिन अधिकारों की लकीरें कैलाश नाथ ने खुद ही खींच दी थीं। रामचंद्र दिन भर बाज़ार की धूल और ग्राहकों की चिक-चिक में पसीना बहाते ताकि घर की तिजोरी भरी रहे, और यहाँ कैलाश नाथ उस आरामकुर्सी पर बैठकर हुक्म चलाते जैसे वह कोई राजा हों। उनके चेहरे पर वह पुश्तैनी गर्व हमेशा बना रहता, जो बिना कुछ किए ही सब कुछ अपना समझ लेने की आदत से आता था।

कैलाश नाथ का रौब सिर्फ़ बातों तक सीमित नहीं था। वह अक्सर रामचंद्र के इकलौते बेटे, जो अभी दुनिया की चालाकियों से अनजान था, उसे पुकारते और घर के भारी-भरकम कामों में झोंक देते। जिस बच्चे को रामचंद्र अपनी मेहनत की कमाई से एक राजकुमार की तरह देखना चाहते थे, उसे कैलाश नाथ बड़े ही स्वाभाविक अंदाज़ में 'कड़ी मजदूरी' वाले कामों में लगा देते। कभी भारी बोरे उठवाना, कभी कोसों दूर किसी काम से भेजना—जैसे वह यह जताना चाहते हों कि घर का बड़ा होने के नाते रामचंद्र की कमाई पर भी उनका हक है और उसके बेटे की मेहनत पर भी। रामचंद्र बाज़ार में कपड़े बेचते हुए यही सोचते कि बड़े भाई का आशीर्वाद उनके परिवार पर बना है, इसलिए वह कभी चूँ तक नहीं करते थे। उन्हें लगता था कि यह प्रेम है, यह आदर है, लेकिन उस बखरी के अँधेरे कोनों में

कैलाश नाथ की चुप्पी कुछ और ही खिचड़ी पका रही थी।

घर में धन की कोई कमी नहीं थी। कुएँ और बंबे से निकलने वाला पानी जितना निर्मल था, रामचंद्र की दुकान से आने वाला पैसा उतना ही मखमली था। पक्की बखरी के कमरों में रखे भारी संदूक और अनाज से भरी कोठरियाँ गवाही देती थीं कि यह परिवार रामपुर के सबसे रईस खानदानों में से एक है। लेकिन उस अमीरी के बीच एक अजीब सा विरोधाभास था—एक भाई जो बाज़ार में बैठकर खून-पसीना एक कर रहा था ताकि विरासत की चमक बनी रहे, और दूसरा भाई जो उसी विरासत के नाम पर घर में बैठकर सत्ता का सुख भोग रहा था। रामचंद्र की पाँचों बेटियाँ और उनका छोटा भाई जब कभी पिता को थककर घर लौटते देखते, तो उनके मन में एक टीस उठती, पर कैलाश नाथ की कड़क

आवाज़ उस टीस को दबा देती। बखरी के उस खुले आँगन में, जहाँ ऊपर से गिरती धूप सबको एक समान देखनी चाहिए थी, वहाँ अब परछाइयाँ अपनी-अपनी जगह ढूँढने लगी थीं। बँवारा भले ही कागज़ों पर न हुआ हो, पर दिलों के बीच की मेड़ ऊँची होनी शुरू हो चुकी थी।

कैलाश नाथ की वह आरामकुर्सी सिर्फ़ अधिकार का प्रतीक नहीं थी, बल्कि वह उस षड्यंत्र का केंद्र भी थी जहाँ रिश्तों की आहुति दी जा रही थी। उनके तीन बेटे–श्री, हरि और लक्ष्मी कांत–बखरी की उस रईसी में पले-बढ़े थे जहाँ उन्हें कभी अभाव का चेहरा नहीं देखना पड़ा। कैलाश नाथ की दो बेटियाँ, कामिनी और दामिनी, अब अपनी ससुराल की दहलीज पार कर चुकी थीं, लेकिन उनके मायके का रसूख अब भी रामपुर की गलियों में चर्चा का विषय रहता था। दूसरी ओर, रामचंद्र का संसार उनकी पाँच

बेटियों और इकलौते बेटे के ईर्द-गिर्द सिमटा था। उषा, निशा और दीपाशा सयानी हो चुकी थीं, जबकि नवीन, शोभिता और नन्हीं सोनम अभी जीवन की कच्ची मिट्टी की तरह थे। रामचंद्र के मन में अपने बच्चों से कहीं ज़्यादा जगह बड़े भाई कैलाश नाथ के बच्चों के लिए थी। उनके लिए श्री, हरि और लक्ष्मी कांत सिर्फ़ भतीजे नहीं, बल्कि अपने ही अंश थे; वह 'मोह-माया' का ऐसा जाल था जिसमें रामचंद्र स्वेच्छा से फँसे हुए थे।

वह दोपहर तपन भरी थी जब कैलाश नाथ के सबसे बड़े बेटे 'श्री' ने रामचंद्र के पास जाकर अपनी महत्वाकांक्षा का बीज बोया। श्री ने बड़े ही सलीके से, शब्दों की चाशनी में लपेटकर अपने चाचा से कहा–"चाचा जी, रामपुर बदल रहा है, क्यों न हम यहाँ एक स्कूल खोलें? गाँव के बच्चों का भविष्य सुधरेगा और हमारे परिवार का नाम और ऊँचा

होगा।" रामचंद्र, जो बाज़ार की भीड़ में दिन-रात एक कर पैसा कमाते थे ताकि परिवार की साख बनी रहे, इस प्रस्ताव को ठुकरा न सके। उन्होंने अपने बच्चों के भविष्य की जमापूंजी को बड़े भाई के बेटे के सपनों में झोंक दिया। ज़मीन खरीदी गई–गाँव की उस मुख्य सड़क के किनारे, जहाँ चारों तरफ लहराते हरे-भरे खेत थे और बीच से निकलती वह कोलतार की काली सड़क मानों तरक्की का रास्ता दिखा रही थी।

उस स्कूल की नींव रामचंद्र के खून-पसीने की कमाई से रखी गई। घर की उस 'पक्की बखरी' से महज़ पचास कदम की दूरी पर, खेतों के बीचों-बीच एक नई इमारत आकार लेने लगी। वह स्थान किसी इमेजिनरी फिल्म के सेट जैसा था। कल्पना कीजिए– सड़क के एक तरफ पीली सरसों के खेत जो हवा के साथ किसी समंदर की लहरों की तरह झूम रहे हैं,

और उनके बीचों-बीच ईंट और गारे की वह इमारत जो अब रामपुर की नई पहचान बनने वाली थी। सुबह के समय जब सूरज की पहली किरण उन खेतों की ओस पर पड़ती, तो वह स्कूल की कच्ची दीवारें सोने की तरह चमकने लगती थीं। स्कूल के अहाते में अभी घास भी पूरी तरह नहीं उगी थी, लेकिन वहाँ की मिट्टी में उस मेहनत की महक थी जो रामचंद्र ने बाज़ार में पसीना बहाकर कमाई थी।

स्कूल का दृश्य किसी स्वप्न जैसा था। लंबी खिड़कियाँ, जिनसे खेतों की ताजी हवा सीधे कमरों में आती थी, और स्कूल के सामने वह सड़क जो शहर से जुड़ती थी। सड़क के किनारे लगे नीम और शीशम के पेड़ उस स्कूल के लिए प्राकृतिक पहरेदार बन गए थे। रामचंद्र रोज़ शाम को अपनी दुकान से लौटते हुए उस इमारत को देखते और गर्व से भर जाते। उन्हें लगता कि उन्होंने अपने भाई के बेटे को

एक मुकाम दिया है। उन्हें इस बात का ज़रा भी इहसास नहीं था कि जिस ज़मीन को उन्होंने अपने पसीने से सींचा था, वह आने वाले समय में केवल श्री की जागीर बनकर रह जाएगी। वह स्कूल, जो खेतों की हरियाली के बीच एक सफ़ेद धब्बे की तरह चमकता था, दरअसल रामचंद्र के परिवार की खुशियों की बलि लेने के लिए तैयार हो रहा था।

हर कोई देख रहा था कि कैसे रामपुर के उस प्रतिष्ठित परिवार का नाम अब शिक्षा के क्षेत्र में भी गूँजने लगा है। स्कूल के बरामदे से जब आप बाहर की ओर देखते, तो दूर तक फैली मेड़ें और उन पर चलते किसान एक दृश्य-काव्य की तरह लगते थे। लेकिन उस खूबसूरती के पीछे एक कड़वा सच यह भी था कि स्कूल की हर एक ईंट रामचंद्र की उंगलियों की घिसावट और उनके दिन-रात की थकान से जुड़ी थी। कैलाश नाथ बखरी में बैठे पान

चबाते हुए मुस्कुराते, क्योंकि उन्हें पता था कि बिना एक पैसा लगाए उनके बेटे के पास एक साम्राज्य खड़ा हो गया है।

पक्की बखरी की उन ऊँची दीवारों के साये में वक्त की रेत दबे पाँव सरक रही थी। रामचंद्र की मेहनत से खड़ा हुआ वह स्कूल अब रामपुर की धड़कन बन चुका था, लेकिन उस इमारत की चमक के पीछे रामचंद्र के अपने घर की रोशनी मद्धम पड़ने लगी थी। कैलाश नाथ की सत्ता का विस्तार अब सिर्फ़ उनके बेटों तक सीमित नहीं रहा। उन्होंने अपनी दोनों शादीशुदा बेटियों, कामिनी और दामिनी के बच्चों को भी रामपुर बुलवा लिया। तर्क यह दिया गया कि गाँव के इस नए स्कूल में शहर जैसी पढ़ाई होगी, लेकिन असल में यह रामचंद्र की कमाई पर पलने वाले एक और कुनबे का आगमन था।

कामिनी की दो बेटियाँ और एक बेटा, और दामिनी के दो बेटे और दो बेटियाँ–यानी कुल सात और मासूम जानों का बोझ अब रामचंद्र के कंधों पर आ गया था। बखरी का वह आँगन अब बच्चों के शोर से नहीं, बल्कि बढ़ते हुए खर्चों के बोझ से गूँजने लगा था। उन सात बच्चों की महँगी स्कूल की वर्दी, उनकी दवाइयाँ, उनके खाने-पीने का राजसी शौक– रामचंद्र बाज़ार में रात के दस-दस बजे तक थान नापते, गद्दी पर बैठे-बैठे उनकी कमर दोहरी हो जाती, लेकिन घर लौटते समय उनके थैले में सिर्फ़ उन बच्चों की फरमाइशें होती थीं। कैलाश नाथ ने एक नया नियम बना दिया था कि 'अतिथि देवो भव', लेकिन उस अतिथि सत्कार की हर एक पाई रामचंद्र के खून-पसीने से आ रही थी।

उधर, कैलाश नाथ का रूप अब और भी विकराल हो चुका था। वह दिन-भर उस नक्काशीदार खटिया पर

लेटे रहते, जिसे बखरी के सबसे ठंडे बरामदे में बिछाया गया था। उनके पास ही पीतल का एक भारी हुक्का रखा रहता, जिसकी गुड़गुड़ाहट घर के सन्नाटे को और भी डरावना बना देती थी। रामचंद्र का इकलौता बेटा, नवीन, जो अब सयाना होने की दहलीज़ पर था, कैलाश नाथ के लिए किसी बंधुआ मज़दूर से कम नहीं था।

कल्पना कीजिए उस दृश्य की–दोपहर की चिलचिलाती धूप है, आसमान से आग बरस रही है और रामपुर के खेतों की मिट्टी तपकर ताँबा हो गई है। नवीन, जिसके हाथों में किताब होनी चाहिए थी, वह उन तपते हुए खेतों में बैल की तरह जुता हुआ है। उसके फटे हुए कुर्ते से पसीना बहकर मिट्टी में मिल रहा है, और वह भारी फावड़े से सख्त ज़मीन को चीर रहा है। वहीं, बखरी के बरामदे में कैलाश नाथ अपनी खटिया पर पड़े हुक्के का कश खींचते

और चिल्लाकर आवाज़ देते– "ओ नवीन! देख क्या रहा है, पानी की नाली ठीक कर, वरना फसल सूख जाएगी!" नवीन की आँखों में बेबसी का सैलाब होता, पर अपने पिता के संस्कारों और ताऊ के खौफ के कारण वह अपनी गर्दन झुकाए मज़दूरी करता रहता। जब वह थका-हारा घर लौटता, तो उसे आराम करने की जगह कैलाश नाथ का हुक्का ताज़ा करने और उनके पाँव दबाने के काम में लगा दिया जाता। रामचंद्र यह सब देखते, उनका कलेजा मुँह को आता, पर वह अपनी 'मोह-माया' और बड़े भाई के प्रति अंधभक्ति की बेड़ियों में ऐसे जकड़े थे कि चाहकर भी नवीन के हाथों से वह फावड़ा नहीं छीन पाते थे।

उसी कशमकश और तंगी के बीच, रामचंद्र ने अपनी दो बड़ी बेटियों, उषा और निशा की शादियाँ तय कीं। पैसा हाथ में नहीं था, क्योंकि सब कुछ स्कूल और भांजे-भांजियों की पढ़ाई में उड़ रहा था, फिर भी

रामचंद्र ने अपनी रातों की नींद और शरीर का आखिरी कतरा बेचकर उन दोनों की विदा की तैयारी की। किस्मत का खेल कहिये या भगवान की दया, उषा और निशा को अच्छे घर मिले। उनके ससुराल वाले नेक दिल निकले और वे दोनों उस घुटन भरी बखरी से आज़ाद होकर एक सुखी संसार में चली गईं। रामचंद्र को लगा कि शायद अब उनकी ज़िम्मेदारी कम होगी, लेकिन उन्हें क्या पता था कि असल तूफ़ान तो अभी उठना बाकी था।

बखरी के उस पुराने आँगन में, जहाँ नीम के पत्तों की कड़वाहट हवा में घुली रहती थी, अब एक ऐसा सन्नाटा पसरने लगा था जो किसी बड़ी तबाही का संकेत था। रामचंद्र की दुकान की कमाई अब कुएं के पानी की तरह सूखने लगी थी, क्योंकि कैलाश नाथ के कुनबे की ज़रूरतें समंदर जैसी विशाल हो गई थीं। नवीन का बचपन खेतों की धूल में दफन हो

चुका था और उसकी जवानी हुक्के की चिलम भरने में धुंआ हो रही थी। दीपाशा, शोभिता और सोनम अब डर-डर कर रहने लगी थीं, क्योंकि ताऊ की आवाज़ अब सिर्फ़ हुक्म नहीं, बल्कि ज़हर उगलती थी।

वह 'कल' जिसका इंतज़ार रामचंद्र सालों से कर रहे थे, अब अपनी पूरी विभीषिका के साथ सामने खड़ा था। रामपुर की उस पक्की बखरी की नींव में अब वह दरार आने वाली थी, जो न सिर्फ़ घर को, बल्कि रिश्तों के हर उस मर्म को चीर देगी जिसे रामचंद्र ने अपनी मेहनत से सींचा था। अब वक्त था उस 'महा-आगमन' का, जो इस परिवार की किस्मत को हमेशा के लिए बदलने वाला था।

रामपुर की उस 'पक्की बखरी' की मुंडेरों पर बैठा वक्त अब करवट बदल रहा था। रिश्तों की जो कच्ची डोर अब तक मोह-माया के सहारे टिकी थी,

उसमें अब स्वार्थ की गाँठें पड़ने लगी थीं। घर की संपन्नता और रामचंद्र की दुकान की बढ़ती साख ने कैलाश नाथ के बड़े बेटे, श्री के विवाह का मार्ग प्रशस्त किया। बड़े ही धूमधाम और रसूख के साथ घर की बड़ी बहू के रूप में रंजना का आगमन हुआ।

रंजना, जो दिखने में जितनी शालीन थी, स्वभाव से उतनी ही चतुर और महत्त्वाकांक्षी। वह अपने मायके से शायद यह हुनर सीखकर आई थी कि बड़े परिवारों की सत्ता को बिना शोर मचाए अपनी मुट्ठी में कैसे लिया जाता है। जिस दिन वह लाल जोड़े में उस बखरी की दहलीज पार कर रही थी, उसकी आँखों में घर की मर्यादा के प्रति सम्मान कम और उस विशाल संपत्ति पर अधिकार की चमक ज़्यादा थी। धीरे-धीरे उसने घर के आंतरिक मामलों में दखल देना शुरू कर दिया। वह अपनी सासू माँ (कैलाश नाथ की पत्नी) के कान भरने और उन्हें यह

अहसास दिलाने में सफल रही कि घर की असली मालकिन वही हैं। श्री की माँ की आँखों पर तो ममता की ऐसी पट्टी बँधी थी कि उन्हें अपनी बेटियों और बहू के सिवा घर में और कुछ सूझता ही नहीं था। उन्हें अपनी बहू रंजना में साक्षात देवी का रूप दिखता था, जबकि रामचंद्र की बेटियाँ दीपाशा, शोभिता और सोनम अब उस घर के कोनों में और भी सिमट गई थीं।

कैलाश नाथ अपनी बहू के इस नए 'रौब' से बेहद खुश थे। उन्हें लगता था कि खानदान की कमान अब एक मज़बूत हाथ में है। रंजना ने देखते ही देखते रसोई से लेकर तिजोरी की चाबियों तक अपनी पहुँच बना ली। रामचंद्र अब भी बाज़ार की उस दुकान पर पसीना बहाते, यह सोचकर कि उनके भाई का वंश बढ़ रहा है, लेकिन घर के भीतर नवीन के लिए स्थितियाँ और भी बदतर होती जा रही थीं।

अब उसे सिर्फ़ ताऊ के हुक्के का ध्यान नहीं रखना था, बल्कि रंजना के छोटे-मोटे हुक्मों का भी गुलाम बनना पड़ा। वह स्कूल, जो रामचंद्र के सपनों का महल था, अब श्री और रंजना की व्यक्तिगत जागीर जैसा लगने लगा था।

लेकिन होनी को कुछ और ही मंज़ूर था। समय का पहिया घूमा और एक काली रात ने इस हँसते-खेलते (या शायद दिखावे के हँसते) परिवार को हिलाकर रख दिया। एक भीषण सड़क दुर्घटना में श्री की अकाल मृत्यु हो गई। वह नौजवान, जो उस साम्राज्य का उत्तराधिकारी बनने वाला था, मिट्टी में मिल गया। बखरी में मातम पसर गया। श्री की माँ का विलाप और कैलाश नाथ की खामोश बेबसी ने घर की दीवारों को कँपा दिया। लेकिन इस त्रासदी का सबसे वीभत्स रूप तब सामने आया जब वह 'देवी' स्वरूपा बहू, रंजना, श्री की मृत्यु के कुछ ही

समय बाद अपनी सारी संवेदनाएं समेटकर अपने मायके वापस चली गई। वह न केवल गई, बल्कि अपने साथ उन सारे अरमानों और हकों को भी ले गई जो श्री के साथ जुड़े थे।

श्री के जाने के बाद घर का ढाँचा पूरी तरह चरमरा गया। कैलाश नाथ टूट चुके थे, और श्री की माँ अब केवल एक जीवित लाश बन चुकी थी। इधर, नवीन अब पूरी तरह सयाना हो चुका था। उसकी आँखों में वह मासूमियत नहीं बची थी, बल्कि उन सालों की तपिश और मज़दूरी ने उसकी नज़रों में एक अजीब सा ठहराव और समझ पैदा कर दी थी। दीपाशा, शोभिता और सोनम अब युवती हो चुकी थीं और वे अपने आसपास हो रहे इस अन्याय को बारीकी से समझने लगी थीं। उन्हें अब साफ़ दिखने लगा था कि उनके पिता रामचंद्र की सरलता का कैसे फायदा उठाया गया।

परिस्थितियों ने अब एक नया मोड़ लिया। श्री के न रहने के कारण उस आलीशान स्कूल की बागडोर अब रामचंद्र के हाथों में आ गई। रामचंद्र, जो अब तक केवल 'फंड प्रदाता' थे, अब आधिकारिक तौर पर स्कूल के प्रबंधक (मैनेजर) बन गए थे। सुबह वह स्कूल की व्यवस्था देखते और दोपहर से रात तक अपनी कपड़ों की दुकान पर गद्दी संभालते। अब घर में पैसों का सैलाब था। दुकान और स्कूल—दोनों रास्तों से लक्ष्मी बरस रही थी। बखरी का हर कोना अब ऐश्वर्य से लबालब था। बड़ी-बड़ी गाड़ियाँ, नौकर-चाकर और रामपुर के सबसे अमीर घर का तमगा—रामचंद्र ने वह सब कुछ हासिल कर लिया था जिसका उन्होंने कभी सपना देखा था।

लेकिन इस अमीरी की चमक के पीछे नवीन का वह संघर्ष खड़ा था, जिसने उसे कच्ची उम्र में ही तपाकर फौलाद बना दिया था। रामचंद्र के पास अब पैसा तो

भरपूर था, लेकिन क्या वह उस 'कल' को वापस ला सकते थे जो उन्होंने अपने भाई के बच्चों की सेवा में गंवा दिया था? नवीन अब स्कूल और दुकान– दोनों जगहों पर अपने पिता का दाहिना हाथ बनकर खड़ा था। अब वह वह बच्चा नहीं था जो ताऊ का हुक्का भरता था, अब वह उस साम्राज्य का वास्तविक रक्षक था जिसकी नींव उसके पिता के त्याग पर टिकी थी। पैसों ने घर की रंगत तो बदल दी थी, पर क्या वह उन जख्मों को भर सकते थे जो सालों की 'गधा मज़दूरी' ने नवीन की रूह पर छोड़े थे? बखरी अब पैसों से 'निरपुर' (भरपूर) थी, लेकिन रिश्तों की असली परीक्षा तो अब शुरू होने वाली थी।

बखरी के उस खुले आँगन में, जहाँ कभी धूप और छाँव का खेल चलता था, अब एक ज़हरीला सन्नाटा पसरने लगा था। श्री की मृत्यु का घाव अभी भरा

भी नहीं था कि रंजना ने एक ऐसी चाल चली जिसने रिश्तों की मर्यादा को तार-तार कर दिया। उसने अपने छोटे देवर लक्ष्मीकांत को अपने मोहजाल में फँसा लिया। वह लक्ष्मीकांत, जो बुद्धि से थोड़ा कमज़ोर और स्वभाव से कच्चा था, रंजना के इशारों पर नाचने लगा। दोनों ने चुपचाप मंदिर में शादी कर ली और जब वे बखरी लौटे, तो रंजना का रूप पूरी तरह बदल चुका था। अब वह वह डरी-सहमी विधवा नहीं थी, बल्कि घर की वह 'नागिन' थी जिसके फन में सिर्फ़ स्वार्थ का ज़हर था।

रंजना का पिता, सुखदेव, जो पर्दे के पीछे से अपनी बेटी को शतरंज की चालें सिखा रहा था, अब सीधे तौर पर दखल देने लगा। रंजना के कहने पर लक्ष्मीकांत ने स्कूल की पूरी बागडोर अपने हाथ में ले ली। रामचंद्र, जिन्होंने अपना खून-पसीना उस स्कूल की ईंटों में लगाया था, अब अपनी ही बनाई

जागीर में 'बेगाने' हो गए थे। घर का कलह अब रोज़ की बात हो गई थी। इसी बीच रामचंद्र ने अपनी तीसरी बेटी दीपाशा की शादी बड़े ही जतन से तय की। ईश्वर की कृपा रही कि दीपाशा भी एक खुशहाल और संपन्न परिवार में विदा हो गई। लेकिन दीपाशा की विदाई के बाद घर में रंजना का आतंक साफ़ दिखने लगा।

रंजना ने अब ताने कसना और अपमान करना अपना धर्म बना लिया था। सुबह की पहली चाय से लेकर रात के खाने तक, उसका ज़हर बरसता था। एक दिन जब रामचंद्र की पत्नी (चाची सास) ने रसोई में कुछ पूछना चाहा, तो रंजना ने चूल्हे से तवा पटकते हुए चीखकर कहा: "अरे चाची! ज़रा अपनी हैसियत और अपनी याददाश्त दुरुस्त कर लो। भूल गईं क्या? ये जो पक्की बखरी खड़ी है न, ये मेरे ससुर जी की और मेरे मरहूम पति की बनाई

हुई रियासत है। आप लोग तो बस इस मुफ़्त की छाँव में अपनी जड़ें फैलाए बैठे हो। क्या सोचा था? कि उम्र भर मेरे लक्ष्मी के टुकड़ों पर पलते रहोगे?"

रामचंद्र की पत्नी की आँखों में आँसू आ गए, पर रंजना का कलेजा नहीं पसीजा। उसने रसोई की अलमारी पर ताला जड़ते हुए आगे कहा:

"तुम्हारी तीनों बेटियों की शादियाँ क्या हमने कोई ठेका लिया था जो निपटाईं? अपनी बेटियों को विदा करने का सारा खर्च मेरे लक्ष्मी के स्कूल और ससुर जी की साख से आया है। और ये तुम्हारा नवीन? बैल की तरह जो खेतों में खटता है, वो कोई अहसान नहीं कर रहा, अपनी रोटियों का लगान भर रहा है। मेरे घर में अब मुफ़्तखोरी नहीं चलेगी। अगर यहाँ रहना है, तो इस घर के असली मालिकों के तलवे चाटकर रहना होगा।"

रंजना की ओछी हरकतें यहीं नहीं रुकीं। वह बाज़ार से आने वाले मेवे, बादाम और शुद्ध देसी घी को अपने कमरे के संदूक में छिपाकर रखने लगी। वह अपने बच्चों को बंद कमरों में बादाम खिलाती, और बाहर आकर रामचंद्र के बच्चों के हिस्से के दूध में पानी मिला देती। जब कभी रामचंद्र की पत्नी रसोई में दूध कम होने की बात करतीं, तो रंजना बालकनी से नीचे थूकते हुए कहती: "दूध तो उनके नसीब में होता है जिनके पुरखों ने कुछ छोड़ा हो। अब क्या गाय भी तुम्हारे कहने पर दूध देगी? खुद तो दिन भर खटिया तोड़ती हो और उम्मीद करती हो कि मैं तुम्हारी बेटियों के लिए पकवान बनाऊँ? जाओ, अपने उस 'दुकानदार' पति से कहो कि ज़रा हाथ ढीला छोड़ें, यहाँ मेरे बच्चों का हक मारकर अपनी बेटियों को दहेज देना बंद करें।"

लक्ष्मीकांत बगल में खड़ा यह सब चुपचाप देखता रहता, जैसे उसके मुँह में रंजना ने दही जमा दिया हो। रंजना के बोल काँटों की तरह रामचंद्र के परिवार के कलेजे में चुभ रहे थे। वह बार-बार नवीन को देखकर कहती, "देख लो इसे! पढ़-लिखकर बाबू बनने के ख्वाब देख रहा था, अब देखो कैसे मेरे ससुर की ज़मीन पर मिट्टी ढो रहा है। यही इसकी औकात है और यही इसका कल है।"

रामचंद्र जब थककर दुकान से लौटते, तो घर के द्वार पर ही उन्हें ताने सुनने पड़ते। रंजना दरवाज़े पर खड़ी होकर अपनी सहेलियों से ऊँची आवाज़ में कहती, "आजकल तो नौकर भी मालिक बनकर घर में घुसते हैं। जिस थाली में खाते हैं, उसी में छेद करने की आदत जो पड़ गई है।"

घर अब घर नहीं रहा था, एक रणभूमि बन गया था जहाँ रंजना का अहंकार और रामचंद्र की चुप्पी के

बीच एक महायुद्ध छिड़ चुका था। वह 'कल' जो कभी सुनहरे सपनों जैसा था, अब रंजना की नफरत की आग में झुलसकर राख होने को तैयार था। बखरी की हर दीवार अब उस तमाशे की गवाह थी, जो जल्द ही एक बड़े विस्फोट का रूप लेने वाला था।

वह मनहूस दिन रामपुर की हवाओं में ज़हर घोलकर आया था। जिस 'पक्की बखरी' की मज़बूत दीवारों पर रामचंद्र को अपनी जान से ज़्यादा भरोसा था, आज उसी के सीने को चीरकर बीचों-बीच एक दीवार खड़ी कर दी गई थी। ईंटों की वह नई दीवार सिर्फ़ सीमेंट और मिट्टी का जोड़ नहीं थी, वह रामचंद्र के दशकों के त्याग और प्रेम का कत्लनामा थी। रंजना ने अपनी साज़िशों के नागपाश में पूरे परिवार को ऐसा जकड़ा कि न्याय और मर्यादा का गला घोंट दिया गया।

बँवारे के उस दिन बखरी के आँगन में चीख-पुकार मची थी। रंजना अपनी छत की मुंडेर पर खड़ी होकर नीचे खड़े रामचंद्र के परिवार पर नफरत की आग बरसा रही थी। लक्ष्मीकांत, जो रंजना के हाथों की कठपुतली बन चुका था, हाथ में ज़मीन के वो कागज़ लहरा रहा था जिन्हें उसने धोखे से अपने नाम करवा लिया था। नवीन की माँ, जो अब तक खामोश रही थीं, आज अपनी संतानों के हक के लिए दुर्गा बनकर खड़ी हो गईं।

लक्ष्मीकांत ने ज़हर उगलते हुए कहा–

चाचा अब बहुत हुआ ये बड़े भाई और छोटे भाई का ढोंग! ये कागज़ देख रहे हो? ये ज़मीन, ये बखरी और वो स्कूल... सब अब आधिकारिक तौर पर मेरा और रंजना का है। तुम लोगों ने सालों यहाँ मलाई खाई है, अब जाओ और अपना ठिकाना ढूँढो।

नवीन का खून खौल उठा। वह आगे बढ़ा और लक्ष्मीकांत की आँखों में आँखें डालकर चीखा–

ये कागज़ तुम्हारे नाम हो सकते हैं, पर इस मिट्टी में मेरे पिता का पसीना और खून मिला है। तुमने ये धोखे से किया है, तुम चोर हो!

तभी रंजना ऊपर से ठहाका मारकर हँसी और नवीन पर तंज कसा–

"ओह! तो मज़दूर का बेटा अब मालिक की बराबरी करेगा? नवीन, अपनी औकात भूल गए क्या? जिस स्कूल में तुम पैर रखने लायक नहीं थे, वो मेरे पति की जागीर है। और ये दुकान? ये दुकान अब मेरे जेठ हरि की है। तुम लोग तो अब उस लायक भी नहीं कि इस घर के बर्तन भी साथ ले जाओ।"

झगड़ा इतना बढ़ा कि रंजना ने बखरी की रसोई से पुराने बर्तन बाहर फेंकते हुए ताना मारा–

"ये लो! ये चार थालियाँ ले जाओ, वैसे भी तुम लोगों के पास अब पकाने को है ही क्या? जो कल तक राजा बनकर घूमते थे, आज देखो कटोरा लेकर सड़क पर खड़े होने की नौबत आ गई है।"

नवीन अपने पिता की ओर भागा– "पिताजी! बोलिए! आप चुप क्यों हैं? ये हमारी दुकान है, हमारा हक है!" लेकिन रामचंद्र की आँखों पर अभी भी उस 'भाई नाम' की मोह-माया का पर्दा पड़ा था। उन्होंने नवीन को झिड़कते हुए कहा– "चुप रह नवीन! भाई से लड़ना हमारे संस्कारों में नहीं है।" रामचंद्र की इसी कमज़ोरी ने नवीन का भविष्य बर्बाद कर दिया। अगर समय रहते उन्होंने अपनी आँखों से वह पट्टी हटा ली होती, तो शायद आज उनके बच्चे दर-दर न भटकते।

हार मान लेने के बजाय, नवीन ने अपने हक की आखिरी जंग लड़ी। वह उस बाज़ार वाली दुकान पर जा पहुँचा, जहाँ लक्ष्मीकांत के भाई हरि ने ताला जड़ने की कोशिश की थी। वहाँ जमकर हाथापाई हुई, चीख-पुकार मची। नवीन ने गरजते हुए कहा– "ये दुकान मेरे पिता ने अपने खून से सींची है! मर जाऊँगा पर इस पर कब्ज़ा नहीं छोड़ूँगा!" बड़ी जद्दोजहद के बाद नवीन उस दुकान के एक छोटे से हिस्से में बैठने में कामयाब रहा, लेकिन किस्मत का खेल तो देखिए–वह दुकान भी रंजना ने चालाकी से अपने नाम करवा ली थी।

रामचंद्र और नवीन अब सिर्फ़ चंद दिनों के मेहमान बनकर उस दुकान पर बैठ रहे थे। क्या विडंबना थी–जिस इंसान के हाथ में कभी लाखों का व्यापार था, आज उसके पास घर में ढंग के बर्तन तक नहीं बचे थे। रंजना के ताने अब भी पीछा नहीं छोड़ रहे

थे। वह बाज़ार में खबर फैलाती फिरती– "देखा? चोरों की तरह अब दुकान के कोने में बैठे हैं। जो मेरा है, उसे तो मैं छीनकर ही रहूँगी। इनकी तो फूटी किस्मत में अब सिर्फ़ धूल फाँकना लिखा है।"

उस दिन रामपुर ने देखा कि कैसे एक हँसता-खेलता परिवार 'कल' की आस में बिखर गया। वह 'कल' जो रामचंद्र की मेहनत और नवीन के संघर्ष से सजना था, रंजना के लालच और अपनों के विश्वासघात की भेंट चढ़ गया। पक्की बखरी की वह नई दीवार गवाही दे रही थी कि रिश्तों में जब ज़हर घुलता है, तो बरसों की तपस्या भी खाक हो जाती है। जिसके पास कल तक सब था, आज वह अपनी ही मेहनत की भीख मांगने पर मजबूर था।

रामपुर की गलियों में यह खबर आग की तरह फैल गई कि पक्की बखरी के बीच दीवार खिंच गई है।

समाज का दस्तूर भी अजीब है; जो कल तक रामचंद्र की रईसी और ईमानदारी की कसमें खाते थे, अब वे ही कन्नी काटने लगे। बाज़ार में सुगबुगाहट होने लगी– **"अरे भाई, जिस घर में सगे भाइयों के बीच तलवारें खिंच गई हों, वहाँ का सौदा कैसा? कलह वाले घर का सामान शुभ नहीं होता।" धीरे-धीरे रामचंद्र की वह चलती-फिरती दुकान ठप पड़ने लगी। गद्‌दी पर बैठे रामचंद्र अब ग्राहकों की राह तकते रहते, पर बाज़ार का वह शोर अब उनकी दुकान के सामने आकर शांत हो जाता।**

इधर नवीन, जिसकी जवानी ने अपनों के विश्वासघात की तपिश झेली थी, अब हार मानने को तैयार नहीं था। उसकी आँखों में एक नया सपना आकार ले रहा था–एक खुद की कंपनी शुरू करने का सपना। उसने यह बात अपने पिता रामचंद्र से कही। रामचंद्र ने एक थकी हुई मुस्कान के साथ नवीन के

कंधे पर हाथ रखा और कहा– "बेटा, मेरा नसीब तो इन कागज़ों और दीवारों ने छीन लिया, पर तू अभी जवान है। जा, अपना रास्ता खुद बना।"

नवीन ने तीसरे नंबर के बड़े पापा, कैलाश शंकर, के दामाद के साथ साझेदारी (पार्टनरशिप) करने का फैसला किया। ये दामाद जी लखनऊ के रहने वाले थे, स्वभाव से थोड़े गरम मिज़ाज और गुस्सैल, लेकिन व्यापार की समझ रखने वाले। तय यह हुआ कि कंपनी लखनऊ में दामाद जी के घर पर ही लगाई जाएगी। नवीन ने अपनी पूरी ऊर्जा और बची-कुची पूंजी इसमें झोंक दी।

लेकिन तभी समय ने एक बार फिर शतरंज की बिसात बिछाई। दूसरे नंबर के बड़े पापा, विष्णु कुमार, जो अब तक तमाशा देख रहे थे, अचानक इस खेल में कूद पड़े। उन्होंने एक दिन रामचंद्र और

नवीन को बुलाया और बड़ी ही चालाकी से ममता का जाल बुना।

विष्णु कुमार ने हुक्के का कश खींचते हुए बड़े ही गंभीर स्वर में कहा–

"अरे रामचंद्र! तुम अपने बच्चे को लखनऊ भेज रहे हो? उस गरम मिज़ाज दामाद के भरोसे? अरे भाई, वो शहर की हवा और दामाद का गुस्सा... नवीन झेल नहीं पाएगा। कंपनी वहाँ नहीं चलेगी, लिख कर ले लो।"

रामचंद्र ने असमंजस में पूछा– "तो भाई साहब, फिर रास्ता क्या है? नवीन के भविष्य का सवाल है।"

विष्णु कुमार ने अपनी चाल चलते हुए कहा–

"रास्ता ये है कि कंपनी मेरे घर लगाओ। अपने भाई का घर है, अपनों के बीच काम होगा। देख लेना, नवीन के जीजा के यहाँ बात बिगड़ेगी, पर यहाँ हम

सब इसके साथ खड़े रहेंगे। आखिर सगा भाई ही काम आता है।"

नवीन का मन नहीं मान रहा था। उसके अंदर की टीस चीख-चीख कर कह रही थी कि यह वही जाल है जिसमें उसके पिता पहले भी फँस चुके थे। उसने विरोध करने की कोशिश की– "पिताजी, सब कुछ तय हो चुका है, अब इस तरह बदलना ठीक नहीं होगा।"

लेकिन विष्णु कुमार ने तुरंत भावनात्मक हमला किया–"देख लिया रामचंद्र? आज का खून! अभी से इसे अपने ताऊ की सलाह पर शक होने लगा। नवीन, बेटा, हमने दुनिया देखी है। अपनों को छोड़कर परायों (दामाद) पर भरोसा करोगे, तो हाथ कुछ नहीं आएगा।"

रामचंद्र और नवीन के जीजा की आँखों पर एक बार फिर 'रिश्तों की पट्टी' बंध गई। उन्हें लगा कि

शायद विष्णु कुमार सही कह रहे हैं, आखिर भाई-भाई का दुख नहीं देखेगा तो कौन देखेगा? रामचंद्र ने भावुक होकर कहा– "भैया, आप सही कहते हैं। नवीन अभी बच्चा है, आपकी छत्रछाया में रहेगा तो सीख जाएगा।"

नवीन विवश था। वह सबसे छोटा था और उस घर के संस्कारों ने उसे बड़ों के सामने ज़ुबान खोलने की इजाजत नहीं दी थी। उसे साफ दिख रहा था कि इतिहास खुद को दोहरा रहा है, लेकिन वह उस समय के चक्र को रोकने में असमर्थ था। कंपनी अब विष्णु कुमार के घर लगने जा रही थी। यह किसी की गलती नहीं थी, बल्कि यह समय का वह क्रूर खेल था जहाँ एक ही गड्ढे में बार-बार गिरने को ही 'संस्कार' और 'रिश्ता' मान लिया गया था।

लखनऊ की चमक छोड़कर नवीन एक बार फिर अपनों की उसी घुटन भरी साज़िशों के बीच जा खड़ा

हुआ। विष्णु कुमार के घर की वह खाली जगह, जहाँ मशीनें लगनी थीं, नवीन को किसी कसाईखाने जैसी लग रही थी जहाँ उसके सपनों की बलि चढ़ने वाली थी। रामचंद्र मुस्कुरा रहे थे कि उनका बेटा अपनों के साथ काम करेगा, पर नवीन की आत्मा जानती थी कि यह 'कल' भी उसके पुराने 'कल' जैसा ही रक्तरंजित होने वाला है।

विष्णु कुमार की वह आलीशान कोठी बाहर से जितनी भव्य थी, भीतर से उतनी ही कड़वाहट और साज़िशों से भरी हुई थी। विष्णु कुमार का जीवन एक अजीब मोड़ पर खड़ा था; पत्नी का साथ छूट चुका था और घर के आंगन में कोई बेटा नहीं था जो उनकी विरासत सँभालता। उनकी चार बेटियों में सबसे बड़ी, कंगना, मानों विपदा बनकर उस घर पर छाई हुई थी। कंगना की शादी एक ऐसे परिवार में हुई थी जो आर्थिक रूप से पूरी तरह कंगाल था,

इसलिए वह अपने पति को लेकर वापस पिता के घर आ जमी थी। उसने अपनी चतुरता से विष्णु कुमार के पूरे साम्राज्य और ज़ायदाद पर कब्ज़ा कर लिया था। यहाँ तक कि उसने अपनी सगी बहनों के हकों का भी गला घोंट दिया था।

इसी कटीले माहौल के बीच, नवीन की कंपनी की मशीनें विष्णु कुमार के अहाते में लग गईं। नवीन के साथ थे उसके वे तीसरे बड़े पापा के दामाद (जीजा जी), जो स्वभाव के बेहद गरम और तुनकमिज़ाज थे। लेकिन काम के मामले में वे पत्थर की तरह मज़बूत थे। कोठी के एक पिछवाड़े के कमरे में पसीना बहाते हुए जीजा जी दिन-रात प्रोडक्शन सँभालते। मशीनों के शोर और लोहे की रगड़ के बीच वे माल तैयार करते, और उस माल को दुनिया की नज़रों तक ले जाने का दारोमदार था नवीन के कंधों पर।

यहीं से शुरू हुआ नवीन की देह और आत्मा को तोड़ देने वाला वह संघर्ष, जिसकी कल्पना मात्र से रूह कांप जाए।

कल्पना कीजिए ज्येष्ठ (मई-जून) की उस दुपहरी की, जब बनारस और उसके आस-पास की सड़कें जलते हुए तवे की तरह सुर्ख हो जाती थीं। आसमान से आग के गोले बरसते और सड़कों से उठती गर्म लपटें (लू) चेहरे की खाल झुलसा देती थीं। नवीन, जिसके कंधों पर भारी भरकम माल का थैला टंगा होता, २०-२० किलोमीटर पैदल चलने का संकल्प लेकर निकलता था। उसके पैरों के जूते घिस चुके थे और तपती सड़क की गर्मी जूतों के तलवों को पार कर उसके छालों को सहलाती थी।

दुकान-दुकान भटकना कोई आसान काम नहीं था। नवीन जब किसी दुकान के सामने खड़ा होता, तो उसका गला प्यास से सूखा होता और चेहरा पसीने

और धूल की एक मटमैली परत से ढका होता। कई दुकानदार उसे हिकारत से देखते, कई उसे घंटों इंतज़ार करवाते, तो कई बिना माल देखे ही उसे दुत्कार कर भगा देते। उस कड़कती धूप में जब वह पैदल चलता, तो उसकी कमीज पीठ से चिपक जाती और पसीने के सूखने पर नमक की सफेद लकीरें बन जातीं। दोपहर के दो बजते-बजते उसका शरीर जवाब देने लगता, सर में भयंकर दर्द उठता, पर नवीन रुकता नहीं था। उसे याद आता था वह अपमान जो रंजना ने बखरी में किया था, उसे याद आती थी अपनी बहनों की शादी और पिता की वो बेबस आँखें।

सर्दियों की रातें भी कम क्रूर नहीं थीं। जब कोहरा इतना घना होता कि हाथ को हाथ न सूझे, नवीन तब भी सड़कों पर होता। हाड़ कंपा देने वाली उस ठंड में, जब लोग रजाई में दुबके होते, नवीन

साइकिल या पैदल ही दूर-दराज के इलाकों में ग्राहकों की तलाश में भटकता। ठंड से उसकी उंगलियाँ सुन्न पड़ जातीं और पैरों की बिवाइयां फटने लगतीं। रात को जब वह वापस विष्णु कुमार की कोठी पहुँचता, तो उसका शरीर इतना टूट चुका होता कि उसे रोटी तोड़ने तक की ताकत नहीं रहती थी। उसकी हड्डियाँ ऐसे चटकती थीं जैसे कोई लकड़ी तोड़ रहा हो।

विष्णु कुमार और कंगना उस कोठी की बालकनी में खड़े होकर नवीन को आते-जाते देखते। कंगना की आँखों में एक अजीब सी क्रूर मुस्कान होती। उसे पता था कि नवीन जितनी मेहनत करेगा, कंपनी उतनी बढ़ेगी, और जितनी कंपनी बढ़ेगी, कब्ज़ा करने के लिए उतनी ही बड़ी जागीर तैयार होगी। नवीन का जीजा कोठी के भीतर मशीनों से लड़ता और नवीन कोठी के बाहर दुनिया की बेरुखी से। उन दोनों की इस 'गधा मज़दूरी' ने कंपनी को खड़ा तो

कर दिया, लेकिन नवीन के स्वास्थ्य और उसकी मासूमियत की आहुति दे दी। वह २० साल का लड़का ३५ साल के थके हुए आदमी जैसा दिखने लगा था। उसकी आँखों के नीचे काले घेरे पड़ चुके थे, पर उन घेरों के भीतर जल रही थी–बदले और कामयाबी की एक ऐसी आग, जिसे न तो लू की लपटें बुझा सकती थीं और न ही बर्फीली रातें ठंडी कर सकती थीं।

रामपुर के उस पुराने घर से शुरू हुआ यह सफर अब विष्णु कुमार की चौखट पर अपना खून चढ़ा रहा था। नवीन यह नहीं जानता था कि वह जिस फसल को अपने पसीने से सींच रहा है, उस पर एक बार फिर कंगना के लालच की नज़र लग चुकी है। वह तो बस चल रहा था–पैदल, मीलों मील, अपनी किस्मत को बदलने की नाकाम कोशिश में।

विष्णु कुमार की कोठी के उस पिछले हिस्से में, जहाँ मशीनों का शोर कभी उम्मीद की धड़कन हुआ करता था, अब वहाँ साज़िशों की फुसफुसाहट गूँजने लगी थी। एक साल की हाड़-तोड़ मेहनत, नवीन के छालों और उसके जीजा के तकनीकी कौशल ने रंग दिखाया था। कंपनी अब मरुस्थल में खिले किसी फूल की तरह लहलहा रही थी। महीने की दो-तीन लाख की कमाई रामपुर और बनारस के उस इलाके में किसी चमत्कार से कम नहीं थी। लेकिन जैसे ही कंपनी के गल्ले में लक्ष्मी का वास हुआ, कंगना की गिद्ध जैसी नज़रें उस पर गड़ गईं।

कंगना, जो पहले से ही अपने पिता की जायदाद पर कुंडली मारकर बैठी थी, उसे यह बर्दाश्त नहीं हुआ कि उसके अहाते में कोई और फल-फूल रहा है। उसने सबसे पहले 'फूट डालो और राज करो' की नीति अपनाई। उसने नवीन और उसके जीजा के

बीच संदेह का ऐसा ज़हर घोला कि रिश्तों की बुनियाद हिलने लगी। वह कभी नवीन से कहती– "देख नवीन, जीजा सारा मुनाफा अपनी जेब में रख रहे हैं, तुझे तो बस धूप में सड़ने के लिए छोड़ दिया है," तो कभी जीजा से जाकर कहती– "नवीन तो अपने बाप रामचंद्र का सगा बेटा है, कल को ये सब हड़प लेगा और आप खाली हाथ रह जाएंगे।"

धीरे-धीरे कोठी के उस अहाते का माहौल घुटन भरा हो गया। विवाद की चिंगारी एक दिन भड़क उठी जब कंगना ने एक मामूली से हिसाब को लेकर तमाशा खड़ा कर दिया। लक्ष्मीकांत के भाई हरि की तरह ही यहाँ कंगना का पति भी मैदान में आ गया। कोठी के बरामदे में खड़े होकर कंगना ने चिल्लाकर कहा–

"यह कंपनी मेरे पिता की ज़मीन पर खड़ी है, यहाँ की बिजली और पानी का नमक खाया है तुम लोगों ने! और अब हमें ही आँखें दिखाते हो? जीजा जी, आपकी बदतमीज़ी के चर्चे तो लखनऊ तक हैं, हमारे घर की मर्यादा को मटियामेट कर दिया आपने!"

नवीन के जीजा, जो स्वभाव से ही अग्नि की तरह गरम थे, अपना आपा खो बैठे। उन्होंने गरजते हुए जवाब दिया– "ज़मीन तुम्हारी होगी, पर यह खून हमारा है! मशीनों से लेकर मार्केट तक हमने अपनी हड्डियाँ गला दी हैं!" लेकिन उनकी यही गर्जना उनके खिलाफ सबसे बड़ा हथियार बन गई। कंगना ने तुरंत विक्टिम कार्ड खेला और पूरे खानदान में यह बात फैला दी कि दामाद जी ने उसका और विष्णु कुमार का अपमान किया है।

विवाद इतना बढ़ा कि कागज़ों की हेराफेरी शुरू हो गई। विष्णु कुमार, जो अपनी बेटी कंगना के हाथ

की कठपुतली थे, उन्होंने चुपचाप कागज़ों पर अपने दामाद और नवीन के अधिकारों को खत्म कर दिया। एक शाम, नवीन को कोठी के मुख्य द्वार पर ही रोक दिया गया। उसके जीजा को धक्के देकर बाहर निकाल दिया गया। कंगना ने नवीन की आँखों में आँखें डालकर बड़े ही ठंडे लहजे में कहा–

"नवीन, तुझे तो हमने अपना समझकर पनाह दी थी, पर तूने इस बदमिज़ाज आदमी (जीजा) का साथ देकर अपना भविष्य खुद आग में झोंक दिया। अब इस गेट के अंदर कदम मत रखना। ये कंपनी अब मेरी है, और मेरा पति इसे सँभालेगा। तुम लोग तो बस मज़दूर थे, और मज़दूरों का काम खत्म होने पर उन्हें निकाल दिया जाता है।"

नवीन स्तब्ध खड़ा था। उसका गला रुँध गया था। उसने देखा कि कैसे उसके जीजा, जिन्हें वह अपना मार्गदर्शक मानता था, उन्हें 'अजीब व्यवहार' और

'पुराने इतिहास' का वास्ता देकर सबसे बड़ा अपराधी घोषित कर दिया गया। सारा दोष जीजा के माथे मढ़ दिया गया ताकि कंगना और उसका पति साफ़-सुथरे बने रहें। लोगों ने भी यही कहा– "अरे, दामाद का मिज़ाज ही खराब था, बेचारी कंगना क्या करती!"

नवीन ने उस कोठी की ओर देखा जहाँ उसके एक साल का पसीना दीवारों पर नमक बनकर जमा था। वह फिर से हार गया था। अपनों ने एक बार फिर उसकी पीठ में खंजर घोंपा था। वह टूटा हुआ, हारा हुआ और खाली हाथ वापस अपने गाँव की पगडंडियों पर लौट आया।

रामपुर की वह 'पक्की बखरी' अब भी खड़ी थी, पर नवीन के लिए वह अब घर नहीं, बल्कि एक और कुरुक्षेत्र बन चुकी थी। वह २० साल का लड़का, जो कल तक एक कंपनी का मालिक होने का सपना देख रहा था, आज फिर उसी धूल और मिट्टी में

खड़ा था जहाँ से उसने शुरुआत की थी। कंगना और उसका पति अब उस कंपनी पर साँप की तरह कुंडली मार चुके थे, और नवीन के पास अब सिर्फ़ कड़वी यादें और एक टूटा हुआ दिल बचा था। 'कल' की तलाश में निकला नवीन आज एक बार फिर अपने अतीत के अँधेरे में खड़ा था।

रामपुर की गलियों से गाजियाबाद के औद्योगिक शोर तक का सफर नवीन के लिए महज एक दूरी नहीं, बल्कि राख से उठने वाले किसी फीनिक्स की दास्तान थी। वह लड़का, जिसे रंजना ने बखरी की सीढ़ियों से अपमानित कर उतारा था और जिसे कंगना ने उसकी मेहनत के साम्राज्य से बेदखल कर दिया था, अब हार मानने के लिए नहीं बल्कि हिसाब बराबर करने के लिए खड़ा हो चुका था। गाजियाबाद की उन बड़ी-बड़ी मशीनों और धुएं उगलती चिमनियों के बीच नवीन ने एक नई उम्मीद

का दामन थामा। उसके पास पैसा भले न हो, लेकिन उन तपती दुपहरियों में पैदल चलकर बनाए गए क्लाइंट्स का वह विश्वास था जिसे कोई कंगना या रंजना नहीं छीन सकती थी।

नवीन ने कंपनियों से माल उठाकर सप्लाई का काम ऐसी बिजली की रफ़्तार से शुरू किया कि गाजियाबाद से रामपुर तक उसके नाम का डंका बजने लगा। उसकी तरक्की क्या शुरू हुई, मानों रामपुर की उस पक्की बखरी में बैठे उसके दुश्मनों के कलेजों पर किसी ने खौलता हुआ तेजाब डाल दिया हो।

कंगना, जो अपनी कोठी की बालकनी में बैठकर अपनी जीत के नशे में चूर थी, अब उसके चेहरे पर हवाइयां उड़ने लगी थीं। नवीन की सप्लाई के कारण उसकी कंपनी का माल गोदामों में सड़ने लगा। कंगना की आँखों की नींद उड़ चुकी थी और उसे

ऐसा महसूस होता था मानों नवीन की हर कामयाबी उसके सीने में लोहे की तपती हुई सलाख की तरह उतर रही हो। वह रात-भर करवटें बदलती और अपनी नाकामयाबी का ज़हर अपनी ही बहनों और बाप पर उगलती।

उधर बखरी के उस पार, जहाँ रंजना और लक्ष्मीकांत का राज था, वहाँ का नज़ारा तो और भी वीभत्स था। रंजना, जिसके भीतर का ज़हर अब नासूर बन चुका था, नवीन की चमक देखकर पागल हो उठी थी। उसने अपने ही जेठ हरि की दुकान पर गिद्ध जैसी नज़रें गड़ा दी थीं। वह अब खुलेआम गाली-गलौज पर उतर आई थी। वह नवीन की माँ को देखकर चीखती– "देख लो इस राँड की किस्मत! बेटा क्या चार पैसे कमाने लगा, इसके तो पंख ही निकल आए। लेकिन याद रखना, जिस मिट्टी से उठकर गए हो, उसी मिट्टी में मिलाकर रख दूँगी। ये जो

आज बाबू बनकर घूम रहा है न, इसके दादा-परदादा की हड्डियाँ इसी बखरी के नीचे दबी हैं, सारा रसूख इसी गेट के बाहर तक है। ज़्यादा हवा में उड़ेगा तो पर कतरने में देर नहीं लगेगी।"

रंजना का जुल्म अपने सास-ससुर (कैलाश नाथ और उनकी पत्नी) पर इस कदर बढ़ गया था कि उसे देखकर पत्थर का दिल भी पिघल जाए। वह कैलाश नाथ, जो कभी हुक्म की सल्तनत चलाते थे, आज रंजना के सामने एक टुकड़े रोटी के लिए तरसते थे। रंजना उन्हें दिन-भर बैल की तरह खटाती और जब खाने का वक्त आता, तो कुत्तों की तरह झिड़क कर बासी रोटियां उनके सामने फेंक देती। वह चिल्लाकर कहती–"ऐ बूढ़े! मुफ़्त की रोटियां तोड़ते हुए शर्म नहीं आती? या तो खेत पर जाकर मिट्टी ढो, या फिर घर के पिछवाड़े में जाकर मर जा। ये घर है, कोई खैरातखाना नहीं जहाँ तुम जैसों का कूड़ा जमा रहे।

तुम्हारी औकात अब इस घर के कचरे से भी बदतर है!"

विडंबना तो देखिए, लक्ष्मीकांत का बड़ा भाई हरि अपनी पूरी सामर्थ्य से अपने माँ-बाप की सेवा कर रहा था, उनकी गालियाँ सुनता, उनके घाव धोता। मगर कैलाश नाथ और उनकी पत्नी की बुद्धि पर मानों रंजना ने काला जादू कर रखा था। वे रंजना की लातें खाते, उसकी गालियाँ सुनते, लेकिन तारीफों के कसीदे उसी के लिए पढ़ते। वे हरि को दुत्कारते और रंजना को अपनी 'कुलवधू' कहते।

लेकिन जब वे खिड़की से झाँककर रामचंद्र के हिस्से वाले घर में देखते, जहाँ नवीन अपने माँ-बाप को पलकों पर बिठाकर रख रहा था, जहाँ खुशियाँ और सम्मान था, तो उनके सीने पर जैसे जलता हुआ कोयला रख दिया जाता था। वे जलते, भुनते और अंदर ही अंदर अपनी ही किस्मत को कोसते। रंजना

का पारा तब सातवें आसमान पर पहुँच जाता जब वह देखती कि रामचंद्र की दुकान फिर से सजने लगी है। वह अपने आंगन से चिल्लाती–

"अरे ओ रामचंद्र! बहुत उछल रहे हो न अपने इस कलमुंहे बेटे की कमाई पर? ये जो कोठियाँ खड़ी कर रहे हो, ये सब बेईमानी का पैसा है। तेरी औकात तो हमेशा से मेरे लक्ष्मी के नीचे रहने की थी और रहेगी। भगवान भी देख रहा है, एक दिन ऐसा आएगा कि इसी बखरी की दीवारें तुम पर गिरेंगी और तुम्हारा नामो-निशान मिट जाएगा।"

नवीन ये सब सुनता, उसके खून में उबाल आता, पर वह अब चुप रहना सीख गया था। उसकी खामोशी रंजना के लिए किसी तमाचे से कम नहीं थी। रंजना और लक्ष्मीकांत की दुनिया अब उस ज़हर में डूब रही थी जो उन्होंने खुद घोला था। वे नवीन की

तरक्की की आग में जलकर राख हो रहे थे, जबकि नवीन गाजियाबाद की धूल और धुएं के बीच अपने परिवार के लिए उस 'कल' का निर्माण कर रहा था जिसे छीनने की हिम्मत अब किसी रंजना या कंगना में नहीं थी। पक्की बखरी की वह दीवार आज भी खड़ी थी, पर उसके एक तरफ स्वर्ग उतर आया था और दूसरी तरफ नर्क का वह नंगा नाच चल रहा था जिसका अंजाम रंजना की बर्बादी के रूप में तय हो चुका था।

रामपुर की उन तंग और नफरत भरी गलियों में जहाँ अब तक सिर्फ तानों और गालियों का शोर था, वहाँ अचानक शहनाइयों की गूँज सुनाई देने लगी। नवीन ने गाजियाबाद की धूल और पसीने से जो साम्राज्य खड़ा किया था, उसका पहला शुभ कार्य उसकी चौथी बहन शोभिता की विदाई के रूप में शुरू हुआ। विदाई के वक्त शोभिता के आंसू पक्की बखरी

की उस दीवार पर गिर रहे थे जो अन्याय की गवाह थी, पर नवीन ने उसका हाथ थामकर भरोसा दिया कि अब 'कल' बदल चुका है।

शोभिता की विदाई के बाद घर के सूनेपन को भरने और अपनी सबसे छोटी बहन सोनम की शादी से पहले घर की ज़िम्मेदारी सँभालने के लिए नवीन के विवाह का फैसला लिया गया। एक बार फिर वही आँगन सजा, वही बंबा और कुआँ रोशनी से नहा उठे जहाँ कभी नवीन ने मज़दूरी की थी। गाँव की सरहद पर जैसे ही डोली आई, हवाओं में मोगरे की महक घुल गई। जब नवीन की दुल्हन ने घर की दहलीज पर अपना पहला कदम रखा, तो देखने वालों की सांसें थम गईं। वह वधू नहीं, साक्षात स्वर्ग से उतरी कोई सुंदरी लग रही थी। उसका रूप ऐसा था कि सूरज की किरणें भी उसके चेहरे पर पड़कर शरमा जाएं। उसके होंठ गुलाब की ताज़ा पंखुड़ियों की तरह

सुर्ख और नर्म थे, जैसे अभी-अभी ओस की बूंदों से भीगकर खिले हों। उसकी आँखों में काजल की जो लकीर थी, वह किसी गहरी झील की याद दिलाती थी।

जब वह अपने मखमली हाथों को अपनी पतली कमर पर रखकर धीमी चाल से चलती, तो उसके पैरों की पायल की झंकार रंजना के कानों में पिघले हुए शीशे की तरह उतरती। उसकी लंबी ज़ुल्फें जब उसके गोरे कंधों पर लहरातीं, तो ऐसा लगता मानो काली घटाओं ने चाँद को घेर लिया हो। उसकी खूबसूरती की चर्चा पूरे रामपुर में आग की तरह फैल गई।

अपनी खूबसूरती के घमंड में चूर रहने वाली रंजना जब 'मुँह दिखाई' के बहाने नवीन के घर आई, तो दुल्हन को देखते ही उसके पैरों तले ज़मीन खिसक

गई। रंजना, जो खुद को बखरी की सबसे सुंदर स्त्री मानती थी, उस नई बहू के सामने राख की तरह फीकी पड़ गई। दुल्हन के नूर को देखकर रंजना के माथे पर पसीना छलक आया। उसकी काली जुबान जो हमेशा ज़हर उगलती थी, आज डर और जलन के मारे लड़खड़ाने लगी। उसने मन ही मन सोचा– "जिस नवीन को मैंने कुत्तों की तरह झिड़का, उसकी किस्मत में ऐसी अप्सरा?" रंजना की वह गंदी और ज़हरीली नज़र उस मासूम दुल्हन को ऐसे देख रही थी जैसे कोई नागिन अपने शिकार को देखती है।

मगर अफसोस, विधाता ने नवीन की झोली में खुशियाँ तो डाली थीं, पर उनके साथ काँटों का एक जाल भी बुना था। शादी के कुछ ही दिनों बाद घर का वह 'गुलाबी' माहौल काला पड़ने लगा। नवीन को पता चला कि जिस लड़की को वह अपनी अर्धांगिनी

बनाकर लाया है, उसकी मानसिक स्थिति ठीक नहीं है। लड़की के घर वालों ने नवीन की संपन्नता देखकर उसे इतना बड़ा धोखा दिया था कि वह भीतर से टूट गया। जो दुल्हन अप्सरा लग रही थी, वह अचानक पागलों जैसी हरकतें करने लगी। घर की खुशियाँ चीख-पुकार में बदल गईं।

अपनी बहू की यह हालत और नवीन के साथ हुए इतने बड़े धोखे का सदमा नवीन की माँ सहन नहीं कर पाईं। उनके दिमाग की नसें इस तनाव को झेल नहीं सकीं और अचानक एक रात वे अचेत होकर गिर पड़ीं। डॉक्टर ने बताया कि उन्हें ब्रेन हैमरेज हुआ है। पूरे परिवार पर जैसे पहाड़ टूट पड़ा। नवीन अपनी माँ को लेकर तुरंत लखनऊ के सबसे बड़े अस्पताल की ओर भागा।

अस्पताल की वह सफ़ेद दीवारें और दवाइयों की कड़वी गंध नवीन के संघर्ष की नई गवाह बनीं। माँ

के इलाज में ५-६ लाख रुपये पानी की तरह बह गए। वह पैसा, जो नवीन ने अपनी बहनों की खुशियों के लिए जोड़ा था, अब माँ की सांसें खरीदने में लग रहा था। आईसीयू के बाहर बैठा नवीन अपनी फूटी किस्मत और रंजना की उस 'काली नज़र' को याद करता, जिसने उसके घर को नजर लगा दी थी।

लेकिन रामचंद्र की ईमानदारी और नवीन के त्याग का फल था कि मौत के मुँह से उसकी माँ वापस लौट आईं। धीरे-धीरे उनकी हालत में सुधार होने लगा, पर नवीन का चेहरा अब बुझ चुका था। वह 'कल' जो गाजियाबाद की मशीनों के बीच चमकता हुआ दिख रहा था, अब अस्पताल के बेड और एक विक्षिप्त पत्नी के बीच उलझ कर रह गया था। पक्की बखरी के उस पार रंजना शायद यह सुनकर मुस्कुरा रही होगी, पर उसे नहीं पता था कि नवीन

वह पत्थर है जो जितना घिसेगा, उतना ही चमकेगा।

नवीन के जीवन का वह दौर किसी अग्निपरीक्षा से कम नहीं था। उसने बड़े दिल और ऊंचे संस्कारों का परिचय देते हुए उस मानसिक रूप से बीमार लड़की को अपनाने का मन बना लिया था। उसे लगा कि शायद उसकी ममता और सेवा उस लड़की के जीवन में रोशनी भर देगी, लेकिन उसका पाला एक ऐसे दुष्ट ससुर से पड़ा था जिसकी फितरत में सिर्फ स्वार्थ और छल था। वह लड़की का पिता अपनी बेटी को नवीन के घर भेजने के बजाय उसे अपने ही पास कैद किए बैठा था और ऊपर से दहेज या सामाजिक दबाव की नई चालें चल रहा था। दो-तीन साल तक पंचायतों का दौर चला, बड़े-बुजुर्गों की बैठकें हुईं, रामपुर की उस 'पक्की बखरी' के आंगन

में कई बार सुलगती बातें हुईं, पर नतीजा सिफर रहा। अंततः, कानूनी पेचीदगियों और लंबी लड़ाई के बाद नवीन और उस लड़की के बीच तलाक की मुहर लग गई। नवीन ने भारी मन से दस लाख रुपये की एक मुश्त रकम अपनी उस पत्नी को दी, ताकि वह उन कमजोर बेड़ियों से आजाद हो सके। उसे लगा कि एक बोझ उतर गया है, पर उस दस लाख के झटके ने नवीन की आर्थिक कमर तोड़ दी थी।

अभी वह इस निजी सदमे से उभर ही रहा था कि पूरी दुनिया के साथ-साथ भारत पर 'कोरोना' नाम की एक भयानक विपदा टूट पड़ी। चारों तरफ मौत का सन्नाटा पसर गया और सरकार ने देशव्यापी लॉकडाउन का ऐलान कर दिया। गाजियाबाद की जो मशीनें दिन-रात नवीन के लिए सोना उगल रही थीं, वे अचानक ठंडी पड़ गईं। सड़कों पर पहिए थम गए और नवीन का करोड़ों का व्यापार एक झटके में

शून्य पर आ गया। बाज़ार में नवीन के लगभग 30-40 लाख रुपये फंसे हुए थे। जिन व्यापारियों को उसने चिलचिलाती धूप में पैदल चलकर माल दिया था, उन्होंने आपदा को अवसर बना लिया और नवीन का पैसा हजम करने की नीयत पाल ली।

इधर गाजियाबाद में नवीन का काम ठप था, उधर लखनऊ की कोठी में बैठी कंगना ने इस आपदा में अपनी जहरीली चालें चलनी शुरू कर दीं। कंगना ने नवीन की मजबूरी का फायदा उठाकर उसकी सभी पार्टियों और क्लाइंट्स से संपर्क साधा। उसने उन व्यापारियों को लालच दिया और नवीन के खिलाफ कान भरे। जो कंपनियां कल तक नवीन की ईमानदारी की कसमें खाती थीं, उन्होंने अब कंगना से हाथ मिला लिया। नवीन के पास नया माल तैयार करने की पूंजी नहीं बची थी और पुरानी उधारी वसूलने का कोई रास्ता नहीं था। वह 30-40 लाख

रुपया मानों कागज़ की राख बन चुका था। नवीन के सामने अब सिर्फ़ अंधेरा था; उसका रसूख, उसकी मेहनत और उसका साम्राज्य–सब कुछ कंगना के लालच और कोरोना की मार के बीच पिस रहा था।

इस चौतरफा बर्बादी का असर अब रामचंद्र के बूढ़े शरीर पर पड़ने लगा। अपने इकलौते बेटे को फिर से अर्श से फर्श पर गिरते देख रामचंद्र का दिल बैठने लगा। तनाव इतना बढ़ा कि उनके हाथ-पैरों ने धीरे-धीरे काम करना बंद कर दिया। शरीर में लकवे जैसी शिकायत होने लगी और वे बिस्तर से लग गए। नवीन की आँखों के सामने एक बार फिर वही मंजर था–एक तरफ बर्बादी की ढेरी और दूसरी तरफ मौत से जूझते पिता। नवीन एक बार फिर अपनी बची-कुची हिम्मत बटोरकर लखनऊ के उसी बड़े अस्पताल की ओर भागा, जहाँ कुछ समय पहले माँ का इलाज हुआ था।

अस्पताल के उस आईसीयू वार्ड के बाहर नवीन घंटों बैठा रहता। पिता के इलाज में फिर से 9-10 लाख रुपये पानी की तरह बह गए। नवीन की जमापूंजी अब पूरी तरह खत्म हो चुकी थी। तलाक की रकम, व्यापार का घाटा और अब पिता का इलाज—नवीन आर्थिक और मानसिक रूप से पूरी तरह टूट चुका था। वह रामपुर की उस बखरी की दीवार को याद करता जहाँ से यह सब शुरू हुआ था। उसे महसूस होता कि शायद रंजना और कंगना की काली नज़रें ही थीं जिन्होंने उसके हर बढ़ते कदम को जंजीर पहना दी थी। रामचंद्र का इलाज हुआ, वे मौत को मात देकर वापस तो आए, लेकिन नवीन की आर्थिक स्थिति अब उस पुराने मज़दूर जैसी हो गई थी जो कभी ताऊ का हुक्का भरा करता था। वह 'कल' जो उसने इतनी मुश्किलों से संवारा था, अब एक बार फिर धुंधला पड़ गया था। नवीन के पास अब सिर्फ़ खाली हाथ और एक बीमार पिता की दुआएं बची

थीं, जबकि कंगना अपनी कोठी में नवीन की लुटती हुई जागीर पर अट्टहास कर रही थी।

नवीन के जीवन में जहाँ दुखों और विश्वासघात की काली घटाएं कभी छंटने का नाम नहीं ले रही थीं, वहीं नियति ने एक ऐसी करवट ली कि अँधेरे के बीच उम्मीद की एक किरण फूटी। गाज़ियाबाद की धूल, कोर्ट-कचहरी की जद्दोजहद और पिता की बीमारी के बोझ तले दबे नवीन के जीवन में रागिनी का आगमन हुआ। यह विवाह सिर्फ़ दो शरीरों का मिलन नहीं था, बल्कि नवीन के टूटे हुए आत्म-सम्मान के लिए एक मरहम जैसा था। रागिनी, जो न सिर्फ़ नवीन की अर्धांगिनी बनी, बल्कि उसके डूबते हुए जहाज के लिए वह किनारा भी बनी जिसकी उसे बरसों से तलाश थी।

रागिनी का सौंदर्य ऐसा था कि जो भी उसे देखता, उसके मन में सहसा यह विचार आता कि प्रकृति ने

इसे फुर्सत के क्षणों में संवारा होगा। उसके व्यक्तित्व में एक ऐसी गरिमा थी जो इंद्रलोक की अप्सराओं को भी फीका कर दे। उसके चेहरे का वर्णन करना शब्दों की सीमाओं को चुनौती देने जैसा था। उसका माथा किसी पूर्णिमा के चाँद की तरह उज्ज्वल और विशाल था, जिस पर सजी छोटी सी बिंदिया ऐसी लगती थी मानों ब्रह्मांड का कोई तारा ठहर गया हो। उसकी नाक सुतवां और तीखी थी, जो उसके चेहरे को एक राजसी गौरव प्रदान करती थी। जब वह अपनी आँखों को झुकाती, तो उसकी घनी पलकों का साया उसके गुलाबी गालों पर कुछ इस तरह पड़ता कि देखने वाले की धड़कनें थम जाएं।

उसके गालों की रंगत ऐसी थी जैसे ताजे खिले हुए कमल पर सुबह की पहली ओस गिर गई हो। उसके होंठ, जो लाल गुलाब की पंखुड़ियों की तरह कोमल और रसीले थे, जब मंद मुस्कान के साथ खुलते, तो

ऐसा लगता मानों कोई मधुर संगीत वातावरण में घुल गया हो। उसके कान छोटे और सुडौल थे, जिनमें लटकते झुमके उसकी गर्दन की सुराहीदार बनावट के साथ तालमेल बिठाते हुए किसी मधुर छंद की रचना करते थे।

जब रागिनी अपनी पतली और लचीली कमर पर हाथ रखकर घर के आँगन में चलती, तो उसकी पायल की खनखनाहट पक्की बखरी के उस सन्नाटे को तोड़ देती थी जिसमें बरसों से सिर्फ़ तानों और नफरत का शोर था। उसके बाल, जो किसी बेल की तरह घने और काले थे, जब उसके कंधों पर लहराते, तो ऐसा लगता मानो काली घटाएं ज़मीन पर उतर आई हों। उसके हाथ, जो कोमलता में नवनीत (मक्खन) को मात देते थे, जब घर के काम-काज में लगते, तो वह 'निपुणता' का साक्षात उदाहरण बन जाती। वह सिर्फ़ सुंदर नहीं थी, वह सुशील थी,

समझदार थी और नवीन के संघर्षों को बिना कहे समझने वाली एक सच्ची संगिनी थी।

रागिनी का घर में आना रामचंद्र के परिवार के लिए किसी उत्सव से कम नहीं था। जहाँ पहली शादी के धोखे ने नवीन की माँ को अस्पताल के बिस्तर तक पहुँचा दिया था, वहीं रागिनी की सेवा और समर्पण ने घर के माहौल को फिर से पवित्र कर दिया। नवीन को अब लगने लगा था कि शायद अब वह 'कल' आ गया है जिसका उसे इंतज़ार था। रागिनी की प्रेरणा ने नवीन के भीतर फिर से वही गाज़ियाबाद वाला जोश भर दिया।

लेकिन विडंबना देखिए, जिस पक्की बखरी की दीवारों ने नवीन के बचपन को छला था, वहाँ की घड़ियाँ आज भी उलटी दिशा में ही टिक-टिक कर रही थीं। रंजना और कंगना की ज़हरीली नज़रें अब भी इस नई दीवार के उस पार से नवीन की खुशियों

को टटोल रही थीं। रागिनी की खूबसूरती और उसकी समझदारी रंजना के सीने में जलती आग के लिए घी का काम कर रही थी। नवीन के जीवन में बदलाव तो आया था, उसने एक नई शुरुआत की शपथ तो ली थी, लेकिन समय का वह क्रूर पहिया, जो हमेशा नवीन को कुचलने के लिए तैयार रहता था, अभी थमा नहीं था।

रागिनी के रूप में नवीन को आधार तो मिला, पर क्या वह आधार नवीन को उस आगामी तूफ़ान से बचा पाएगा जो उसकी किस्मत की गहरी सुरंगों में अभी भी साज़िशें बुन रहा था? रामपुर की हवाओं में अभी भी वह पुराना ज़हर बाकी था, जो नवीन की इस नई दुनिया को राख करने के लिए बस एक मौके की तलाश में था।

गाजियाबाद की उन शोर भरी गलियों और रामपुर की उस ठंडी बखरी के बीच झूलती नवीन की ज़िंदगी अब एक ऐसे मोड़ पर खड़ी थी, जहाँ रास्ते तो कई थे पर मंज़िल धुंधली पड़ चुकी थी। शरीर थका हुआ था और मन पर बीते सालों के ज़ख्मों की पपड़ियाँ जमी थीं। लेकिन कहते हैं न कि जब कुरुक्षेत्र की रणभूमि में योद्धा शस्त्र डालने लगता है, तभी नियति किसी न किसी रूप में एक 'सारथी' को भेज देती है। नवीन के जीवन में भी एक ऐसे ही मित्र का आगमन हुआ, जो उम्र में उससे छोटा था, पर जिसके पास अनुभवों और ज्ञान का ऐसा गहरा सागर था कि नवीन को उसमें कलयुग के 'कृष्ण' की छवि दिखने लगी।

यह मित्र, जो नवीन के लिए एक मार्गदर्शक बनकर आया, उसने नवीन की बुझती हुई हिम्मत को फिर से सुलगा दिया। उसने नवीन को वह आईना

दिखाया जिसमें उसकी खोई हुई काबिलियत साफ़ झलकती थी। उसने सफलता की ऐसी सीढ़ियाँ सुझाईं जिन पर धूल जमी थी पर जो टूटी नहीं थीं। नवीन, जो अब तक अंधेरी सुरंग में भटक रहा था, अपने इस मित्र के शब्दों की मशाल लेकर एक बार फिर बाज़ार की ओर निकल पड़ा। एक नई ऊर्जा के साथ उसने पुराने क्लाइंट्स को टटोला, नई रणनीतियाँ बनाईं और देखते ही देखते बाज़ार में फिर से उसकी साख जमने लगी। पैसा फिर से हाथ में आने लगा, और लगने लगा कि शायद अब वह 'कल' सच में मुट्ठी में आने वाला है।

मगर समय का वह क्रूर पहिया, जो रामपुर की उस बखरी की दीवारों के साथ-साथ नवीन की तकदीर को भी उल्टा घुमा रहा था, एक बार फिर हरकत में आया। बाज़ार के उन भेड़ियों ने, जो नवीन की मेहनत की खुशबू पाकर इकट्ठा हुए थे, एक बार

फिर छल का सहारा लिया। नवीन का कमाया हुआ पैसा, उसका मुनाफा और उसकी उम्मीदें–सब कुछ फिर से बाज़ार की उधारी और बेईमानी की भेंट चढ़ गया। जो कामयाबी हाथ आने ही वाली थी, वह रेत की तरह उंगलियों से फिसल गई।

नवीन का मन अब टूटने लगा था। शाम की धुंधली रोशनी में जब वह अपने घर की चौखट पर बैठता, तो उसे रंजना के वे ताने और कंगना की वह साज़िशें याद आतीं। उसकी रूह कांप जाती यह सोचकर कि क्या उसकी किस्मत में सिर्फ़ संघर्ष ही लिखा है? ऐसे में उसका वह 'सारथी' मित्र फिर उसके सामने खड़ा होता और कहता– "नवीन, इतनी जल्दी हथियार मत डालो। यह अंत नहीं, एक लंबी छलांग से पहले की खामोशी है। उठो और फिर से प्रयास करो।"

नवीन अपने मित्र की बातों से साहस तो बटोरता, पर उसकी आँखों की नमी सूखने का नाम नहीं ले रही थी। हर सुबह वह एक नई उम्मीद के साथ सोकर उठता, अपने दोस्त से लंबी बातें करता, व्यापार के नए रास्ते तलाशता, और पूरे दिन इस विश्वास में भाग-दौड़ करता कि 'आज' कुछ बड़ा होगा। उसे लगता कि शायद आज कोई पुरानी उधारी वापस आ जाएगी, या कोई बड़ा ऑर्डर मिल जाएगा। लेकिन जैसे-जैसे सूरज ढलता, नवीन की उम्मीदें भी ढलने लगतीं। शाम तक वह फिर उसी मायूसी और हताशा के साये में घिरा हुआ घर लौटता और थककर सो जाता।

एक-दो साल का समय इसी कशमकश में बीत गया। कारोबार के दफ़्तरों पर ताले लटके थे, मशीनें खामोश थीं, और बाज़ार में सन्नाटा था। नवीन के पास ज्ञान था, तजुर्बा था और उसके सारथी का

मार्गदर्शन भी था, पर शुरुआत करने की वह पहली सीढ़ी जैसे गायब हो चुकी थी। वह जानता था कि वह फिर से खड़ा हो सकता है, उसके पास बढ़ने के दस रास्ते थे, पर उन रास्तों पर कदम रखने के लिए जो संबल चाहिए था, वह समय की गर्द में कहीं खो गया था।

आज भी, जब शाम का सन्नाटा रामपुर की उस बखरी को अपनी आगोश में लेता है, तो नवीन की आँखें उस क्षितिज की ओर लगी रहती हैं। वह 'कल', जो कभी उसकी मेहनत का वादा था, अब एक रहस्य बनकर रह गया है। रागिनी की सेवा, मित्र का ज्ञान और नवीन का संघर्ष—क्या ये सब मिलकर उस दीवार को गिरा पाएंगे जो उसकी किस्मत और कामयाबी के बीच खड़ी है? या फिर नवीन की यह कहानी महज़ एक 'अनंत इंतज़ार' बनकर रह जाएगी?

समय का चक्र जब घूमता है, तो वह किसी के रसूख और अहंकार की परवाह नहीं करता। 'कल' की जो धूप कभी रंजना और कंगना के आँगन में अट्टहास कर रही थी, अब वही धूप उनकी खुशियों को झुलसाने लगी थी। ऊपर वाला भले ही देर करता है, पर अंधेर नहीं; उसकी लाठी बेआवाज़ होती है, पर चोट बहुत गहरी करती है। नवीन के साथ जो अन्याय हुआ था, अब उसकी प्रतिध्वनि उन ऊँची कोठियों और स्कूलों की दीवारों से टकराकर वापस लौटने लगी थी।

लखनऊ की वह कंपनी, जिसे कंगना ने अपनी साज़िशों से छीना था, अब धीरे-धीरे खंडहर में तब्दील होने लगी थी। कंगना का बेटा, जिसके लिए उसने अपनी सगी बहनों और नवीन के हकों की बलि चढ़ा दी थी, वह व्यापार के नाम पर महज़ नुकसान का सौदा साबित हो रहा था। कंपनी घाटे

की ऐसी दलदल में फँस गई थी जहाँ से निकलने का कोई रास्ता नहीं था। पैसों के जिस घमंड में चूर होकर कंगना ज़मीन पर पाँव नहीं रखती थी, आज वही पैसा पानी की तरह बह रहा था। घर के भीतर की स्थिति और भी भयावह थी; वह विष्णु कुमार, जो कभी कोठी के मालिक थे, आज उपेक्षित होकर खटिया पकड़ चुके थे। कंगना, जो अपनों की सेवा को बोझ समझती थी, उसने अपने पिता को भी उसी हाल पर छोड़ दिया था।

मगर विडंबना देखिए, आर्थिक रूप से कंगना भले ही गरीबी की ओर बढ़ रही थी, पर उसके अहंकार का मुखौटा अभी उतरा नहीं था। वह जब रामपुर की उन धूल भरी गलियों से गुज़रती, तो उसका व्यवहार आज भी वैसा ही होता जैसे वह कोई बड़ी 'धना सेठ' हो। अंदर से खोखली हो चुकी कोठी की मालकिन बाहर आज भी करोड़पति होने का ढोंग कर रही थी।

चारों बहनें, जो कभी एक जड़ का हिस्सा थीं, अब उस ढहती हुई जायदाद के बचे-कुचे टुकड़ों के लिए आपस में भेड़ियों की तरह लड़ रही थीं। कंगना सच को देख सकती थी, पर उसे स्वीकारना उसके घमंडी स्वभाव के विरुद्ध था।

उधर रामपुर की उस 'पक्की बखरी' के पास जो स्कूल रामचंद्र के पसीने से खड़ा हुआ था, अब वहाँ की रौनक मातम में बदल चुकी थी। रंजना और लक्ष्मीकांत की बदनीयती ने स्कूल की नींव हिला दी थी। जो स्कूल कभी बच्चों के शोर से गूँजता था, अब वहाँ सन्नाटा पसरने लगा था। साख गिर चुकी थी और बच्चों की संख्या सिर्फ़ नाम मात्र रह गई थी। वह भव्य इमारत अब बंद होने की कगार पर खड़ी थी। लेकिन रंजना, जिसकी फितरत ही झूठ और दिखावे की थी, उसने हार नहीं मानी थी। वह पूरे गाँव में अपने बेटे का झूठा गुणगान करती

फिरती। जिस लड़के को अक्षर तक का सही ज्ञान नहीं था, उसे वह 'भारत की सबसे बड़ी परीक्षा' पास करने वाला मेधावी छात्र बताती।

गाँव वालों के सामने वह बड़ी शान से कहती– "मेरा बेटा तो दिल्ली और बड़े शहरों में राज कर रहा है, उसने तो देश की सबसे बड़ी डिग्री हासिल कर ली है।" पर कड़वा सच यह था कि रंजना का बेटा अपनी गलतियों और नाकामी के कारण कहीं मुँह दिखाने लायक नहीं बचा था। रंजना ने अपनी दौलत का इस्तेमाल कर उसकी कमियों पर पर्दा डाला और उसे दूसरे राज्य भेज दिया ताकि गाँव वालों को उसके 'पाप' न दिखें। वह अपनी हार को जीत बताकर समाज में अपनी गिरती हुई साख को बचाने की नाकाम कोशिश कर रही थी।

रामचंद्र और नवीन के घर को बर्बाद करने वाले आज खुद अपनी कमियों को छुपाने के लिए झूठ का

सहारा ले रहे थे। रंजना और कंगना, दोनों ही डूबते हुए जहाज़ की वो सवार थीं जो आखिरी दम तक यह मानने को तैयार नहीं थीं कि समंदर उन्हें निगलने वाला है। वे दुनिया को दिखा रही थीं कि आज भी सत्ता उन्हीं की है, लेकिन नियति का तराज़ू अब बराबर हो रहा था। भगवान की अदालत में फैसला सुनाया जा चुका था—नवीन की मेहनत और आंसू अब इन लोगों की बर्बादी का दस्तावेज़ बन रहे थे। रामपुर की हवाओं में अब यह साफ़ महसूस होने लगा था कि रसूख और झूठ का महल चाहे कितना भी ऊँचा क्यों न हो, वह सच की एक हल्की सी लहर के सामने ढह ही जाता है। रंजना और कंगना का 'कल' अब उनके सामने एक काली छाया बनकर खड़ा था, जिसका जवाब उनके पास नहीं था।

रामपुर की पक्की बखरी के उस पार, जहाँ संघर्षों की धूल जमी थी, वहाँ अब एक ऐसी खामोशी पसरी थी

जो किसी महा-गर्जना की आहट थी। नवीन, जिसे दुनिया ने हारा हुआ मान लिया था, उसने अपने 'सारथी' की उंगली थामकर एक ऐसी अदृश्य सल्तनत खड़ी कर ली थी, जिसकी भनक रंजना और कंगना के अहंकार को भी नहीं थी।

वह सारथी, जो कलयुग के कृष्ण की भांति नवीन के जीवन में प्रकट हुआ था, अब उन्नति की उस सर्वोच्च सीढ़ी पर जा बैठा था जहाँ से सत्ता के आदेश जारी होते थे। वह किसी पद पर नहीं, बल्कि उस ऊँचाई पर था जहाँ राजाओं का वास होता है। उसी के दिशा-निर्देशन में नवीन ने शेयर मार्केट के तिलिस्म और निवेश की उन बारीकियों को समझा, जिसने रातों-रात उसकी किस्मत की लकीरों को करोड़ों की संपत्ति में तब्दील कर दिया। नवीन ने ज़मीनें खरीदीं, विशाल भूखंडों पर अपना नाम

अंकित किया, और गाज़ियाबाद से लेकर दूर-दराज के इलाकों तक अपनी जागीर फैला दी।

लेकिन नियति का खेल तो देखिए—नवीन करोड़ों की उस संपत्ति का मालिक तो बन गया था, पर वह गद्दी उसके हाथ आकर भी दूर थी। वह कागज़ों पर उस साम्राज्य का सम्राट था, पर सिंहासन पर बैठने के लिए एक ऐसी 'कल की दीवार' खड़ी थी जिसे भेद पाना नामुमकिन लग रहा था। कुछ अदृश्य ताकतें थीं जो नवीन के रास्ते में अड़चनें पैदा कर रही थीं। कभी सरकारी पेचीदगियां, तो कभी समाज की बेड़ियाँ। वह हर सुबह इस उम्मीद में उठता कि 'आज' वह अपनी मेहनत का पुरस्कार हासिल कर लेगा, लेकिन शाम ढलते ही वह संपत्ति फिर एक 'कल' के वादे के पीछे छिप जाती।

क्या वह सारथी सच में नवीन के लिए निस्वार्थ भाव से खड़ा था? नवीन ने तो उसे कभी एक रुपया भी

नहीं दिया, फिर वह क्यों अपनी शक्ति नवीन के लिए झोंक रहा था? क्या वह नवीन की मासूमियत का फायदा उठा रहा था, या फिर यह उन दोनों के बीच के उस पवित्र बंधन की कहानी थी जिसे दुनिया का लालच कभी समझ ही नहीं पाया? आखिर क्यों नवीन उस गद्दी तक पहुँचकर भी उस पर बैठ नहीं पा रहा था? क्या यह नवीन का सब्र था या उसके कर्मों की कोई आख़िरी अग्निपरीक्षा?

इसी रहस्यमयी कशमकश के बीच, नवीन की पत्नी रागिनी ने उसे एक ऐसा उपहार दिया, जिसने नवीन के मुरझाए हुए चेहरे पर अनंत काल की मुस्कान बिखेर दी। वह उपहार सिर्फ़ एक वस्तु नहीं थी, वह नवीन के वंश का वह अंश था, जिसने उसे एक नई उम्मीद, एक नई ऊर्जा और एक नई पहचान से भर दिया। रागिनी की गोद में खेलती उस नन्ही मुस्कान ने नवीन को वह साहस दिया कि उसने अपने

सारथी के साथ मिलकर एक ऐसा 'अंतिम प्रहार' किया, जिसने रामपुर की हवाओं को हमेशा के लिए बदल दिया।

उस दिन जब नवीन और उसके सारथी ने मिलकर अपनी योजना का खुलासा किया, तो पूरे गाँव के लोग स्तंभित रह गए। रंजना, जो अपनी ऊँची आवाज़ के लिए जानी जाती थी, उसकी आँखें फटी की फटी रह गईं। उसका चेहरा ऐसा सफेद पड़ गया जैसे किसी ने ज़िंदा जिस्म से सारा खून खींच लिया हो। लक्ष्मीकांत ने जब उस दृश्य को देखा, तो उसके पैरों तले की ज़मीन खिसक गई और उसकी ज़बान ने उसका साथ छोड़ दिया। वह अवाक खड़ा रह गया, जैसे उसने साक्षात काल को अपने द्वार पर देख लिया हो।

आखिर ऐसा क्या था उस दृश्य में? नवीन ने करोड़ों की उस गद्दी पर अपना कब्ज़ा कैसे किया? क्या

वह गद्दी उसे स्थिरता देगी या फिर से सब कुछ रेत की तरह बिखर जाएगा? क्या रागिनी का वह अनमोल तोहफा नवीन की किस्मत की आखिरी चाबी साबित होगा?

जानने के लिए इंतज़ार कीजिए उस सच का, जो पक्की बखरी की हर ईंट को हिला देगा। जवाब बहुत जल्द मिलेंगे... अगले अध्याय में!

लेखक परिचय

अर्जुन मौर्य मात्र एक नाम नहीं, बल्कि समकालीन साहित्य के क्षितिज पर उभरता हुआ वह विचार है, जो जीवन के कुरुक्षेत्र में 'कर्म' और 'कलम' के मध्य सेतु निर्माण में संलग्न है। समाज के सूक्ष्म ताने-बाने और मानवीय संवेदनाओं के गहरे पारखी अर्जुन की लेखनी में वह धार है, जो अदृश्य को दृश्यमान करने का सामर्थ्य रखती है।

अकादमिक रूप से राष्ट्र की सर्वोच्च प्रशासनिक सेवाओं के कड़े संघर्षों (IAS Aspirant) के मध्य तपकर निकले अर्जुन के व्यक्तित्व में एक ऐसी बौद्धिक परिपक्वता है, जो विरले ही प्राप्त होती है। वे एक ऐसे अध्येता हैं जो सत्ता की गलियों से अधिक सत्य की पगडंडियों पर चलने में विश्वास रखते हैं। उनका दृष्टिकोण केवल प्रशासनिक बारीकियों तक सीमित नहीं है, बल्कि वह उन सामाजिक विसंगतियों को भी झकझोरता है जिन्हें अक्सर अनदेखा कर दिया जाता है।

वाराणसी की गलियों के अनुभव और महानगरीय आपाधापी के द्वंद्व ने उन्हें वह 'दृष्टि' प्रदान की है, जिससे वे किसी साधारण सी 'पक्की बखरी' में भी जीवन का एक महाकाव्य देख लेते हैं। अर्जुन की शैली में प्रेमचंद जैसी सोंधी मिट्टी की महक है और आधुनिक युग की तार्किक विश्लेषण क्षमता का अद्भुत संगम है। वे शब्दों के जाल नहीं बुनते, बल्कि सत्य के प्रतिबिंब उकेरते हैं।

एक ऐसे व्यक्तित्व के धनी, जो मौन रहकर समाज का अवलोकन करते हैं और जब शब्द बोलते हैं, तो वह समाज का दर्पण बन जाते हैं। 'कल: किस्मत या मेहनत' के माध्यम से वे पाठकों को एक ऐसी यात्रा पर ले जाने के लिए प्रतिबद्ध हैं, जहाँ हर पात्र पाठक के अंतर्मन से संवाद करता है। अर्जुन मौर्य एक ऐसे रचनाकार हैं, जिनकी उपस्थिति साहित्य जगत में एक नई चेतना और मौलिकता का उद्घोष है।

9 789358 906707

Printed at Repro India Ltd.